回不去的假車站

時間就像回不去的鐵軌
來不及說，那一切就當夢吧
假裝愛，其實也是愛
哭泣，並不是見不得人的事

小寒 著

為何要到愛過後才了解
擁抱和擁有的差別

曾為陳奕迅、林俊傑、方大同、蔡依林、孫燕姿等知名歌手作詞

目錄

當夢

目錄

房間旅行社

回不去的候車站

PS 我愛你

目錄

影子的懸絲人偶

魔鏡　魔鏡

目錄

靈魂半侶

透明皮膚

不得已的英雄

目錄

永遠的小孩

獻給

等不及長大的小孩

還有

來不及天真的大人

當夢

爸爸哪去了

「白底深藍色線條的……紅色小方格的……紅色線條的……米黃色……淺綠色……」我數著塑膠洗衣籃裡，爸爸的長袖襯衫。五件。「咦，怎麼還差一件？」我踮起腳，彎下腰，把頭鑽進洗衣機裡望了望，「啊！找到了，你這條深灰色的襯衫！」我開心地用中指和食指將貼在洗衣機滾筒底部的灰色衣物「勾」出來，再將一件件溼答答的衣服用力一甩，搭在洗衣籃的邊緣。

「爸爸怎麼這個星期又穿同樣的這幾件襯衫？」我邊晾衣服邊思量著。

但我有所不知的是，爸爸，其實就只有這六件襯衫，只是我一直都沒發現。從上個星期開始，這整個家的家務就由我來承擔。

媽媽去世之後的頭幾個月，家裡的大小事都由爸爸和姐姐打理。如今姐姐到外國讀書去了，當然就由我這個妹妹一手包辦啦。

別看我年紀小（也沒有很小啦，再過四天我就滿十五歲了），個子也小，其實我挺能幹的。不是我自滿，說實在的，在我們這個年代能洗衣服、燙衣服、肯弄髒雙手整理打掃家裡的青少年，少得可憐。我猜，要是我媽媽在世的話，或許我也像

他們一樣，每天放學回家只需將二郎腿一翹，等開飯就行了。

　　然而我們家沒有這種福氣，爸爸是一家科技公司的倉庫管理員，是輪班制的，有時候無法及時回家做飯。我也不是抱怨，只是看到同學們下課後可以到購物中心閒逛，而自己必須趕回家給爸爸和自己做晚餐時，難免有一丁點失落。還好我對烹飪有一點點興趣，手並不是特別巧的我，卻燒得一手還不錯的菜。

　　要感謝媽媽臨終前還惦記著我們父女三個獨有的挑食的壞毛病，在病床上掙扎著抄完食譜，讓我們在她不在的時候還可以嘗到她食物的味道。我很想念媽媽，所以每一次燒菜時都很仔細很仔細地緊跟著食譜上的步驟，想重新製造媽媽的風味。這一點我自認比姐姐在行，因為有爸爸作證。他總會誇我的手藝不比媽媽的差，有得到一點她的真傳。這幾個月以來，無論我煮什麼，爸爸都很賞臉地吃得一滴也不剩，然後怪我把他養胖了。

　　我看看時鐘，下午五點鐘，應該搖醒爸爸了。可當我聽著他房間內傳出來的鼻鼾聲時，腳步就在他門口停下，又折返回廚房。

　　「昨晚值夜班，讓他多睡一會兒吧。」今天是他休息日，難得有機會好好睡一覺，還真有點捨不得叫他起床。

　　食材先準備好，等冷凍的食物先融化，他一起身，就可以

馬上一起燒飯。我對自己的計畫很滿意，開始哼起歌來。我打開媽媽的筆記，開始點算從冰箱裡拿出來的肉類和蔬菜。

「呀，不對！今天要做紅燒肉，油煙味會很重，得趕緊把洗好的襯衫挪到客廳去！」我猛然想起，轉身就把三根長長的竹竿扛在肩上，溼衣服還挺重的，壓得我走起路來有些搖搖晃晃。我看著自己滑稽的影子，笑了。

可是我下一秒就笑不出來了。離我視線最近的那件灰色的上衣開始乾了。衣領已經磨破了，一條條米色的纖維豎起來了，令我心裡冒起一陣心疼。「都破了，爸爸怎麼不買新的？」但答案我不問也知道，他從不捨得花錢給自己買任何東西。霎那間，我想起了自己滿衣櫃的衣服，鼻子酸酸的，好慚愧。

「童童啊，我出去一下。」

身穿有領T恤的爸爸突然出現在客廳門口。「你要去哪裡？」我好奇地問。「放心，我會回來吃你的拿手菜的。」真是未卜先知，知道我心裡想什麼。餘音未落，他就已經穿好皮鞋，走到門外。

「爸爸穿得那麼整齊，應該不只是去樓下買東西吧？」我心想。「約會？時間太短，不可能。對了，買禮物給我！他過幾天要上班，沒時間購物，所以一定是！」我奔回廚房翻了翻食譜。「獅子頭準備時間：三十分鐘」媽媽的筆跡寫道。「來得及！我只是跟蹤爸爸去偷看一下他買什麼就趕回來，神不知鬼不覺！搞

不好是我夢寐以求好久的 MP3 播放器和粉紅色耳機！」我暗自竊喜。

119、120！剛好兩分鐘。我鬼鬼祟祟地跟在爸爸身後，距離精準的兩分鐘。我很少走在爸爸背後，這回從遠處望去，只見原本就有點駝背的爸爸更駝了，他正低著頭，好像在盤算著什麼。「不會是禮物太貴，爸爸在計算看這個月有沒有超支吧？如果因為我，而害在國外唸書的姐姐付不起生活費就不好了。」這下子我更慚愧了，有股衝動想奔上前去阻止爸爸。可他一到轉彎處，居然從我的視線中消失！

我跟著來到街角轉彎處，傍晚五點鐘的街道異常安靜，只有偶爾暖暖晚風與樹葉擦身而過時所發出的沙沙聲響。爸爸呢？應該不會在這排店屋裡吧。這些商店都沒有賣任何一種能夠做我的生日禮物的東西呀。

這裡有摩洛哥人開的理髮廳……我摀住鼻子……玫瑰水的味道好濃……水果攤……哇好多香蕉……呃，也好多果蠅……一家專賣藤編搖椅的家具店……一家當鋪……DVD 出租的商店……摩托車修理廠……然後……沒有了。

我很少到這裡來。此刻黃昏的光線很刺眼，令我不得不瞇起雙眼，才能往這排商店的盡頭看去。在 DVD 出租商店之後是一片即將被開發成私人共管公寓的空地。空地上不見爸爸的蹤影，他一定在其中一間商店中，我開始推論他的「藏身之處」。

　　他最有可能是在……理髮？爸爸頭髮是長了，應該剪了，可是他是深知我最懼怕玫瑰水的香味的，要剪也不會光顧這家理髮廳。租DVD，好讓我們一邊吃晚餐一邊看電視？不錯，我贊成！可是租個DVD犯不著穿皮鞋啊？買水果幫助消化也不需要呀，修理廠……我們家又沒有摩托車……

　　該不會是當鋪吧？我走到當鋪門口，與大門口牆上以鮮紅色馬賽克組成的「當」字相比，店裡一片陰森森，冷冷清清的。「不，絕對不可能的，哼，怎麼可能！」我嗤之以鼻。爸爸說什麼都在堂堂科技公司上班，我們家才不會淪落到需要拿家裡的什麼首飾來當……

　　這時剛巧夕陽西下，將天空染成橘紅色，哇，好～漂～亮。我看傻了眼。是因為我忘了黃昏原來可以這麼美，還是角度的問題？這塊空地沒有高樓阻擋，快下班的太陽可以擁有更大的一塊天空，大肆地作畫。霎那間，我感覺有東西在我雙頰蠕動著，還以為是蒼蠅，慌亂地用右手將「昆蟲」掃掉。定神一看，手指上並無小蟲的殘骸，只有閃閃發光的水跡。

　　我最後一次看見夕陽，應該是推著輪椅帶媽媽到公園散心的時候。那天風有點大，我替身軀瘦弱的媽媽裹了好幾層的圍巾和棉被，怕她著涼。因為藥物的關係，媽媽和我有一句沒一句地聊著天。就在回家途中媽媽突然從昏睡中甦醒過來，指了指天空的雲彩，對我微微笑。我只記得當時的我用雙眼死記著

那珍貴的笑容,晚霞那天什麼顏色,我才不稀罕。

　　之後的每天這個時間我要不是在做飯,就是在家溫習功課。究竟是景色太美,還是思念作祟,雙腳像扎了根似的,我屏住了呼吸,在當鋪門口停下步伐,一動也不動。時間,彷彿停止了流動,四周一片死寂。

我 的 爸 爸 原 來 是 個 籃 球 健 將

「童童!你在這裡做什麼?」

　　忽然,一個高大、熟悉的身影背著光地站著,遮住了面朝著夕陽的我,一度用黑暗將我籠罩住。我的雙耳一時沒適應過來,因此那聲「童童」簡直是震耳欲聾,把我嚇得從街道上蹦了起來。等一等,我認得那聲音!「爸爸!」我開心地往他身上一撲,雙手原本想摟住他的脖子,卻因為身高差距太大,只抱住他的肩膀,整個人搖搖欲墜,他被我突如其來的擁抱逗得笑了。

　　「好了,好了。」他拍了拍我的背,好像是想提醒我已是個青少年了,這麼做非常之不酷。我馬上從他身上滑下來,狠狠地整理好身上的 T 恤,尷尬地問:「你從哪個方向走來的,怎麼找不到你?」爸爸沉默了許久,笑答:「想……買水果,但他們賣的東西品質太差了。所以沒買成。」

「對咯，我看到，好多果蠅飛來飛去，噁心死了。」我搭著腔，斜眼瞄見他的右手正將原本捏著的黃色小紙張，揉成了一個紙球藏到手掌心去。

我也沒問，不想破壞氣氛，因為好久沒這樣了，我們父女倆一起散步。可是怎麼感覺一點也不好，怪怪的。懸在空中的寂靜令人難受，於是我主動開啟話匣子，跟他一一地回述了今天在學校發生的事。他每隔幾句話就點點頭，然後問：「是嗎？」我知道他其實並沒有在聽我說話，也覺得有點愚蠢，但我體恤爸爸工作很累，有很多我們小孩子不了解的煩惱，所以也就不拆穿他的心不在焉。

一開鎖，爸爸就藉故說要換衣服，在房裡待了好久好久。他有心事，可我也不追問。「或許是想買禮物但帶的錢不夠，沒有面子吧。」我對自己說。雖然連我自己都不相信，但我也只能滿足於這個想法，因為我無法讓我自己再往更不好的念頭裡鑽。

「餓死了！可以吃飯了嗎？」

我背後傳來爸爸洪亮的聲音，我了解他在故作開朗。我做了一個深呼吸，把兩頰的肌肉往上推了推，擠出個笑容，回過頭說：「快好了，爸，你擦桌子吧！」順手將一塊溼布扔向他。「接住！」爸爸用很優雅的手勢，在空中接過布，用右手食指轉著那塊布，再從背後傳給左手，叫道：「換手運球！假動作！進攻！」

「灌籃成功！」爸爸躍身一跳，那塊布被扔到了吊燈上面。

「……」我故意給他翻了一個白眼。「對不起，呵呵，布髒了。」他爬上椅子，把沾滿灰塵的溼布取了下來遞還給我。我雖然覺得有點心煩，但難得平時愁眉不展的爸爸願意露出孩子氣的一面，我也不免沾染到一點歡樂，跟著笑了起來。

「童童你知道嗎？爸爸在高中的時候，可是個神射手，差一點就夢想成真，受邀加入職業籃球……」話還沒說完，他突然用右手把嘴給摀住。「受邀加入職業籃球隊？真的嗎爸爸？怎麼沒聽你說過？」我放下剛擰乾的布，眼睛睜得大大的。「你，你別聽爸爸胡扯，你知道的，我一興奮起來就會亂說話。」爸爸漲紅了臉。

「可是你有籃球員的身高和身手，不打籃球太浪費了。」

我認真地看著爸爸。「我們不說這個了，來，開飯開飯。」他低著頭抹著桌面，小小的桌面被他用力擦了一圈又一圈。「喜歡打球就應該去打呀，爸爸……」我還想問下去。「童童，別再問了。」爸爸沉下臉，用嚴肅的語調勸說著。我不甘心繼續嘮叨著：「你不是說人要是有夢想就要盡力去實現的嗎？」

「夠了！」我平時熟悉的溫和的父親突然挺直了身體，用凶神惡煞的表情命令我。

我受傷害了，野蠻地吼了回去：「你是個騙子！叫人家要實現夢想，自己又辦不到！騙子！」我將手中的湯勺扔進冒著泡泡

的番茄醬中，濺得滿爐子如噴上鮮血般，斑駁的紅點點，氣沖沖地跑進房間。

「碰！」地一聲使勁地把房門關上，我趴在床上大哭特哭。我長那麼大，爸爸從來都沒罵過我，這次為了這麼無聊的事凶我，究竟是幹什麼啦。

哭著哭著，大概是累了，我居然睡著了。

揭 祕

醒來時窗外天空都已經轉黑了，我坐在床沿，豎起耳朵想竊聽房外的動靜，可是許久都沒有傳來任何聲響。「不會是出什麼事了吧？」我開始擔心了。於是我輕輕地轉開門把，把頭探出去。走廊沒人，便躡手躡腳地走出房間。只見爸爸坐在沒有開燈的廚房，背影被屋外照進來的街燈燈光照得好長好長。

爸爸一副垂頭喪氣的樣子，看得我還未開口說話，眼淚就如開啟了水龍頭般，淌流了出來。「爸，對不起。剛才我不該……」爸爸抬起頭，屋裡太暗了，我看不清他的表情。可是我能從他濃濃的鼻音中，聽出他剛剛哭過。

「不，是爸爸不對，心情不好也不該發在你身上。」他沒有

擁抱我，只是伸出手搭在我左肩上，輕輕地晃了晃我的肩膀。我把我的臉頰別過去靠在他的手背上，好溫暖。

他就這麼坐著，我就這麼站著，又不知過了多久，就在這糾結的氣氛當中，我不爭氣的肚子居然很不識趣地發出了「咕嚕」一聲。聲響之大，令我們兩人都笑出來。「吃飯吧。」爸爸伸出手，開啟了電燈。我一看，廚房都收拾乾淨了，慚愧地低下了頭。

「我來把晚餐弄熱。」爸爸摸了摸我的頭，建議道。

我剛才做的九個肉丸，在外頭吹了幾個鐘頭冷風，已經變得很硬。但飢腸轆轆的兩人還是覺得美味無比，一人在幾分鐘內連續吃了四個。「還有一個，看誰的筷子快！」爸爸對我下了戰書。

肉丸在大大的盤中滾來滾去，我們用筷子搶著「球」，我邊搶，邊不知為何唸：「剩下一個肉丸，正好拿來投籃！」還押韻耶！「肉丸、投籃……」

我頓時知道我又說錯話了，趕忙道歉：「爸，對不起，我……我不是故意的。」我慢慢地做著一個深呼吸，眼珠子慢慢移動，膽怯地望了望爸爸，好擔心他又爆發。

可是他沒有，只是和藹地笑了笑。他將碗筷輕輕放下，站了起來，做出手勢示意要我跟著。我一臉狐疑，卻照辦了。爸爸拉著我來到我們家小小的、凌亂不堪的書房裡。

「你長大了，爸爸想，有些事情應該是時候告訴你了。」

　　身高一百九十公分的爸爸，伸出他長長的手臂，從書架的頂端取下一個大概二十公分長的鐵方盒子。「打開來看看。」爸爸語氣溫和指示。「裡面是什麼？」我必須先問。爸爸自我小時候就愛捉弄我。有好幾次他說給我送禮物，我一打開盒子，裡頭要不是蜘蛛，就是一條玩具蛇。所以這回我學聰明了。

　　「不是嚇你的東西，放心。」他眼神溫柔地微笑著。

　　看他一臉正經，我開始嘗試打開這有點重的鐵盒，生鏽的味道也搞得我滿手、滿鼻腔都是。我用中指掰不開，爸爸用他的大拇指幫了我一把。小盒蓋開啟了，溢了一地的是一張又一張寫著密密麻麻黑墨毛筆字，還有一些紅色蓋章的米黃色小紙張。每一張紙上，中間都有一個大大的「押」、「按」或「當」字。

　　「這是什麼？」我問。

　　雖然我早已心裡有數。置放在我大腿上的盒子裡，除了一些我們小時候的照片，上面的都是當票。我曾經在祖父的遺物中見過。天啊，他抵押了什麼？不會是惹上什麼禍了？學人家豪賭？養小老婆？縱使我的眼眶的淚水開始氾濫，心裡也做好了最壞的打算，我依然希望得到一個答案。我嚴厲地盯著自己一向都很尊重的父親，再喊了一聲：「爸爸？」示意要他給我一個合理的回答。

　　爸爸彎下身，對著思緒混亂不已的我說道：「在我把話說明白之前，我要你答應我一件事，不要告訴你姐姐。」

「為什麼？」我好奇地問。「因為我和你媽媽都希望她把大學唸完。」爸爸回。「好，沒問題。」我點頭答應。他才拉了一把椅子坐下，從我手裡接過盒子，再從地上撿起一張張薄薄的當票，告訴我一個個讓我真正地領悟到，這個世上沒有人可能比父母更偉大的故事。

「你賭博？」、「養小老婆？」、「投資失敗？」……我開始一連串的疲勞轟炸。

「你跟你媽真像。」爸爸不顧我的焦慮，調侃著我。在這個關鍵時刻，他居然還有心情開玩笑！他從他口袋裡掏出今天的當票。「你知道這是什麼，對不對？」爸爸慢條斯理地說著話。急死我了，當親生女兒誤解你的時候，你怎麼還可以這麼神情自若呀！

「你知道一個人去當鋪，可以當什麼嗎？」他問。「你是不是把媽媽的珠寶全拿去當了？錢呢？」我凶巴巴地反問。「沒有，媽媽心愛的手鐲、項鍊都還在，放心。」他回。「對啊，媽媽就只留下這些東西給我們留念了。」我鼻子一酸，哭了。

「當然不是。那些都是留給你和你姐的。」他說。

「除了珠寶首飾，還能當什麼？」爸爸考我。「名貴的貼身物品，比如手錶、鋼筆、電腦、衣服？」我天真地回答著。「最值錢的是什麼？」爸爸還在問，煩不煩呀？「房契？」我說。他搖搖頭。

「夢想。」

「夢想?」我睜大雙眼。

「夢想。」

「你還小,不知道世界上除了鈔票,還有另外一種貨幣,叫作「夢想」。「夢想比任何一樣東西,比鑽石、黃金都還值錢。」爸爸點著頭,耐心地解釋。

接著,他用他五根超長的手指頭,從鐵盒中撈起一小疊米黃色紙張。有些當票的墨跡已經褪得模糊不清,有些則皺得像是被狠狠擰過,更有幾張明顯是用膠帶拼湊回來的。他從中抽出五張,一字排開,整齊地放在桌面上。

「家裡的錢不夠用嗎?如果不夠,為什麼還要送姐姐出國?」我越問,鼻子越是感到酸酸的,那種滋味混雜著難堪和憤怒。在我幼稚的內心裡,抵押自己家中的物品以換取金錢是一種恥辱,既然負擔不起,沒有那麼大的頭幹麼戴那麼大的帽?

當票一(農曆戊子年二月拾九日)

爸爸用食指將左上角第一張當票挪向我,說:「這是最早的一張,也就是剛才爸爸提起的,當職業籃球選手的夢想。」

我不領情，冷冷地推了回去，說：「看不懂上面的字跡，好像畫符似的。」多少矮冬瓜求神拜佛能長高，能成為籃球員，爸爸擁有先天條件，卻怎麼不好好珍惜？我生氣得很。

「因為你媽媽懷了你姐姐。」

我錯愕。

「是的，1995 年，爸媽那時才十九歲，不懂事。」爸爸的臉紅得像個番茄，異常不好意思地說道。「你媽媽和我本來想等到我打進國家隊才結婚。可是你姐姐提早降臨了，我們又沒有錢，所以只好當掉打籃球的夢想，好讓你媽媽能堂堂正正地過門。」

「外公家裡這麼富裕，怎麼會需要你去籌錢？」我天真地問。「你祖父好賭，傾家蕩產了。我們兩家人貧富懸殊那麼大，換成是我，也捨不得把女兒嫁進這種家庭。」爸爸說。

「所以他不給你們錢辦婚禮？怎麼可以這樣！」我為爸爸打抱不平。爸爸聳聳肩。

「越接近實現的夢想，越值錢。」爸爸說。他當掉了職業籃球的願望，換取的現金除了能辦一個小規模的室外婚禮，還買了我們現在住的小公寓。除此之外，還給媽媽買了一件名牌設計師縫製的婚紗。「從簡、租房子不就行了？犯不著放棄嘛。」我還是心有不甘。要是我爸爸是職業籃球員，像林書豪一樣，我豈不是很有面子。可惜不是，他只是一個在科技公司上班的

倉庫管理員。高中都沒畢業的他，能應徵到什麼好職位？

「你媽媽未婚懷孕，連大學一年級都唸不完，還遭人閒言閒語，讓她做最美麗的新娘子，有個安定的家，是一個男人應該做的。」

「那你後悔嗎？」我好奇問。「才不會，做出一點犧牲，卻能換得全世界，划算得很呢。」爸爸微笑回答。「況且，我打籃球一輩子也未必能賺這麼多錢。」

「那為什麼你不早點說？」我問。他答：「因為怕你年紀小，會誤以為爸媽是那種亂來的人。我要重申，我們本來就要結婚的。」

「好啦，我保密不告訴姐姐就是了。」我用嘲笑的語調答應著爸爸。當然，我也能理解，向自己的孩子承認自己變賣過東西，畢竟不是什麼光彩的事。

當票二（農曆丙子年三月八日）

「這張呢？」我拿起一張皺得不行的當票。「我在婚禮前一天，向你媽媽發過誓，婚後絕對不能插手管你祖父的事。」據說，祖父嗜賭成性，連房子都當掉了。為了逼他戒賭，一家人都採取置之不理的態度，唯有爸爸心最軟，總悄悄地把贏球得

到的獎金送給祖父，搞得自己有時連吃飯的錢都沒有。為了保護爸爸，媽媽唯有拿肚裡的孩子威脅他，不準再替祖父還債。

可是 1999 年三月，祖母帶著小姑來到家中，哭訴著自己有家歸不得。債主手握著巴冷刀和一封血書，聲稱祖父在他們手上，但其實祖父機靈，預先拋下妻子和最小的女兒，擅自躲了起來。雖然媽媽心裡很不願意，但念在祖母平日待她不薄，小姑身體又不好，實在沒必要承受如此折磨，就擅自把自己最大的夢想給當了。

媽媽因為爸爸發過誓，而且可以變賣的夢想已經沒剩幾個值錢的了，而所幸自己還有，就瞞著爸爸，擅自把讀完大學的夢想給當掉，換取了二十萬將祖父的債務一次還清。媽媽對文學的興趣與執著眾所周知，自小立志要當作家，寫幾本中世紀的宗教文化和文藝復興的書，就只差個文學學位好加強作品的可信度。可惜這下子全都泡湯。

祖母答應會在三十天內籌到錢，好讓媽媽贖回夢想。可惜她卻辦不到。祖母借來的錢，都被祖父發現了，搶去「翻本」。不用說，那些錢又被輸得精光了。要不是祖父聽說替自己解圍的人是媳婦，又上門來要錢，爸爸至今還不會知道媽媽為了自己的家人做了多少犧牲。

爸爸當時既生氣又心疼，不知是該責罵，還是安慰媽媽。她要爸爸發誓不再縱容祖父，自己卻連想都沒想過要商量，就

把自小想當作家的願望給當掉了。爸爸說媽媽聰明絕頂，這一生應有更大的作為，實在不該平平庸庸地過一輩子。不像他，一輩子就只會打球，壓根兒就不是讀書的料。

那張過期的當票，下場就是被揉成一團。才剛扔出去，爸爸就又撿回來，答應太太總有一天一定要幫她圓夢。可是一年一年過去，爸爸非但無法幫媽媽把夢贖回來，當掉的夢想還越來越多。

我問爸爸為什麼。他回答：

「生活。因為生活。」

說罷，又重新將手裡握著的同一張當票擰成一團。

當票三（農曆辛巳年六月拾二日）

「為什麼不跟外公要錢？幫媽媽把夢贖回來？」我天真卻認真地問道。「我們都是大人了，怎麼可以什麼事都去麻煩外公呢？況且，你媽媽有骨氣，說除了你們出世時，外婆硬拉著外公到醫院來探望你們，你們成長的過程他都缺席。外公越絕情，她越不想跟他借錢。」爸爸搖搖頭。

「這張呢？」我指著 2000 年六月的當票。

「你姐姐感冒沒處理好，結果演變成氣管炎，住了一個月醫院。那時你又剛出世，爸爸只好請無薪假，照顧你。」他邊回顧邊微笑，說：「第一次當父母，所以不免手忙腳亂，滑稽得很。」

「那，你們當掉什麼？」我問。

「這個夢想不大，很虛榮的。摩托車。」

「可是你不會騎摩托車呀。」我問。「等大家安頓好，你不就可以回去學摩托車了嗎？」我自作聰明地問。

「不是不會，而是不被允許。」他坦言。

「用夢想換取金錢的一個條件，就是你必須簽約承諾終身不得擅自實現那個夢想。當掉夢想的那一刻，當鋪會在你身體的相關位置安上一個儀器當作保險之用途。儀器會逐日釋放一些化學藥物讓你的身體起變化，讓你就算心想，身體也辦不到。」爸爸解釋道。

為了金錢而失去心愛的夢想還不夠糟，居然還有附帶條件！「他們做了什麼？爸爸？」我擔心得快哭了。

「沒什麼，就膝蓋周圍的韌帶發炎，彎曲時很痛。總不能直著一條腿騎摩托車吧，這樣我不是會一直轉圈圈？呵呵。」爸爸居然還有心情開玩笑！

「那打籃球的夢想呢？他們給你什麼傷？」雖然我已經知道答案了，一定跟他的駝背有關。「頸椎生了骨刺，抬頭時會刺痛。」這時我已緊緊地摟住爸爸的肩膀，哭得喘不過氣來。

當票四（農曆丁亥年拾月拾日）

「傻瓜，哭什麼？爸爸又沒破沒爛。」他安慰著我。

他接著說：「買夢的人，是生意人。做生意就必須尋求保障，這是人之常情。只要夢主在三十天內拿錢贖回來，一切都會還原，就當沒發生過一樣。要是夢主沒前來贖夢，當鋪就有權出售給出價最高的買主。哪一年要是爸爸湊足整數，也可以找仲介幫忙找到別人當掉的，相似的夢想，只是身體的損傷就沒辦法了，就當作是老化。」

「當然要是你很有錢，你就有辦法可以擁有天下任何一個別人無法實現的夢想。」他繼續說。我睜大眼睛驚嘆：「爸爸，那麼說，世上的富翁很有可能坐擁一整堆自己根本用不著，或者用不上的夢想！都用不上，那麼買回來做什麼？害真正有夢想的人無法實現，那樣簡直是一種浪費！」

「這些很有可能是他們年輕時當掉，無法實現的夢想。如今有錢了，不就買一些放在家裡，供自己偶爾可以假裝做做夢。」

「找不回的，就只好當夢了。」

夢想本來就有時間性，必須在設定的時間內使用，因此它無比地昂貴。有夢想，但生活條件不允許，夢想不可能實現；現實生活允許了，但身體已經無法再承受夢想的負荷了，這麼

一來，夢想就變成了夢，和想，無法再用行動實現了。

2007 年，爸爸三十一歲，要重新開始籃球生涯，是幾乎不可能的事了，所以他接受了放棄夢想的事實。他見媽媽對烹飪有超大的興趣，便轉向幫助媽媽實現開小吃店的夢想。兩人平日省吃儉用，才剛存到足夠的資金要實現這個夢想的時候，媽媽的健康就亮起了紅燈。大家原以為媽媽是因為小吃店的籌備工作過於繁重，導致她體重直線下滑。診斷之後，醫生發現媽媽很不幸地，患上癌症。

視網膜母細胞瘤，是當年她當掉作家夢的附帶條件：眼疾。

開店的錢都拿去給媽媽做化療了，所幸媽媽的病情有好轉。可是外婆因女兒患癌加上丈夫生意失敗而大受打擊，爸爸體恤媽媽四處奔波，家裡和外公家兩頭跑，於是辭去了當時薪水不錯的工作。爸媽經過了好長一段時間的考量，終於忍痛做了一個決定，把開小吃店的夢想當掉，反正媽媽身體也不好。小吃店開不成，但至少手上握著一些錢足夠開飯，爸爸就可以放心待在家裡照顧大家。

原以為，又另一夢想沒了。但爸爸說，其實那也不盡然，因禍得福，換來的倒是一家人溫馨的相處。他讓媽媽一家人團聚的夢想，到最後還是得以實現。外公看著女兒和女婿如何互相扶持，如何齊心協力地度過如此一個艱難時期，開始慢慢諒解兩人，和他們的關係也隨之修補。

外公把公司和大洋房賣了，還了債，剩下的一點錢就租了一間在我們家附近的小公寓，時不時就到我們家做客，一家人有說有笑。

那幾年，是媽媽生命最後，卻也最快樂的一段時光。

當票五（農曆癸巳年陸月五日）

跟媽媽一樣，姐姐很愛唸書，而且無論唸什麼科目都考得很好。姐姐在高中大考成績非常優異，她聲稱自己最愛的是文學，希望可以到歐洲去修讀義大利文藝復興之類的課程，以便長大後成為一名作家。爸媽和我三人都頗為肯定，姐姐是為了幫助媽媽實現夢想才這麼說的。

因為姐姐這份孝心，更讓媽媽有了以下的決心。

2013 年，媽媽身體重新開始不適，被查出其他器官也有癌細胞的痕跡。癌症擴散了。

爸爸說，在那個時候，媽媽做出了令他無法原諒的決定。她將我們一家人永遠在一起的夢想給當掉了，給姐姐湊足了到外國唸書的學費。他和外公外婆都急哭了，翻箱倒櫃都找不到那張當票。爸爸甚至飛奔到當鋪去求當鋪老闆，求他再開一

張。老先生卻為難地告訴他：「這位先生，對不起，我無權這麼做，除非當事人授權給你。」

爸爸這麼一說，我才發現自己對這件事情有一點印象。我想起來了，那天爸爸從外頭一回到家中就把媽拉進房裡，用力地甩上門，破口大罵。外婆輕輕地把姐姐和我拉到廚房，要我們安靜別出聲。姐姐和我都害怕極了，長那麼大，還是第一次聽見爸爸吼媽媽。

空氣瀰漫著一種沉重的、令人窒息的氣氛。我們隱約聽得見爸爸的聲音：「你做了什麼？你看你做了什麼好事？這種事什麼時候輪到你一個人決定的？我們怎麼辦？」當時媽媽的回答好像是：「都沒得救了，反正康復的機率不高，還不如趁還有點價值的時候，去換點錢給阿真出國唸書。」

原來是說這件事。

爸爸說，媽媽一直都沒有把當票拿出來，大人們怎麼勸都無法改變媽媽的心意，只好依著她的囑咐，替姐姐辦理入學手續。與此同時，爸爸和外公輪流帶著媽媽到處求醫，西醫、中醫、神醫、庸醫通通都找遍了，卻不見媽媽有什麼起色。

隔年三月分癌症進入末期，速度之快，連醫生都束手無策，允許媽媽回家安詳地過完其餘的日子。我向學校請了兩個月的假期，在家陪媽媽看書、帶她去散步。不到幾個星期，媽媽就走了。

離開人世前，她面帶著笑容輕聲地說，說她這輩子沒有偉大

的事業或成就，很多夢想來不及實現。但多虧有了我們，一點遺憾也沒有。想到這裡，我的胸口就一陣絞痛。

媽媽，你不知道我有多想你。

外公外婆也很想你。他們傷心過度，藉故租約滿期，搬走了。七個月後，姐姐大學開學了，也離開了。只剩下爸爸和我，相依為命。

當票六（農曆乙未年肆月拾九日）

「媽媽好偉大。你也是，爸爸。」我的體溫剛剛才蒸發了眼淚，臉頰這下子又溼了。我緊緊地抱著父親。

「其實，每一個做爸媽的，都曾經為了讓子女們擁有任何一個夢想，放棄過他們的夢想。」

「不只是我們。」爸爸勉強地擠出一個淺笑。

「那你剛才的當票呢？」我趁機問道。

「在這裡。但是我不要你勸阻我。」爸爸的拇指和食指緊緊地夾著米黃色小紙張，不讓我碰。

「你當了什麼，爸爸。我有權知道。」我嚴厲地問。「你姐住的宿舍離學校很遠，每天要騎很遠的一段路才能抵達，我有點

擔心，想這新學期給她換比較靠近的。」

「還有買 MP3 播放器給我，對嗎？」我瞪著爸爸問。「對，但那個我已經有一些存款了，用不了當票的幾個錢的。」爸爸笑著回答。

「爸爸，回答我的問題，你當掉什麼？」

「沒什麼。」他神情淡然地回。「你不說，我也一樣有辦法知道。你還不如現在從實招來。」我雙手叉腰。

他拿我沒轍，便從盒子裡拿出一束乾的薰衣草。原來盒子裡有薰衣草不是為了驅走異味，而是一枚紀念品。這束薰衣草，是媽媽國中時跟著外公外婆到法國普羅旺斯時偷採的。外公當時是為了慶祝和外婆結婚二十週年才舉家到這語言不通、水土不服的地方去。

媽媽將這束花風乾了，誓言要送給那個值得定終身的男生。幾年後他們倆相遇了，媽媽主動將這束花語為「等待愛情」的薰衣草送給了爸爸，木訥的他兜兜轉轉地在半年後，才終於搞清楚薰衣草的意思。

他們約定，結婚二十週年時，也要像外公外婆一樣，到那裡去一趟，去法國欣賞那一片鋪天蓋地的紫色小花，再把那一束乾花歸還給它的出生地。這是他們倆的約定，也是他們倆的共同夢想。可惜，還未來得及實現，其中一人就先走了。

「既然答應了媽媽，就應該去呀！」我說。

「媽媽都不在了，一個人去有什麼意思？倒不如把這半個夢想當掉，換取一些實際的東西。」爸爸回答。

事實上，我了解的。媽媽才剛去世不到兩年，這傷口還血淋淋的，誰都不想去觸碰。到她生前想重遊卻到不了的地方旅行，對爸爸來說，將會是多麼孤單的一段旅程。可是他必須去，因為這樣他們的故事才得以圓滿地完結。小小薰衣草得以回到它家鄉的土地。

「就當夢吧。睡醒，就繼續生活。」爸爸感慨地說。「不！可！以！把錢拿出來！」我強烈抗議。其實我更擔心的是那個被植入爸爸皮膚下的儀器。媽媽作家夢的擔保物是眼疾；爸爸籃球員的夢想擔保物是頸椎骨刺……以此類推，欣賞薰衣草的夢想，大概就是和嗅覺有關的擔保物吧。沒有了嗅覺，爸爸如何品嘗我的手藝？不行，絕對不行。

「那你姐的宿舍和你的生日禮物……」他面有難色。

「姐那麼胖，多騎點腳車對減肥有幫助！至於我，你不用擔心，粉紅色 MP3 播放器以後我工作了自己買！」說著，我搶過了那張當票，再到主臥室裡開啟衣櫃，雙手交叉在胸口，直挺挺地站在保險箱前。

「密碼。」我命令爸爸。他搖搖頭。

「你不說，我就告訴姐，她一定會退學的。這下子你們就前功盡棄了。」我感到前所未有的一股勇氣。

「你才不敢。況且，我們打勾勾了。」爸爸接受了我的挑戰，眼神中竟然有調皮的成分。真是豈有此理！

「那……那我去當掉我 MP3 播放器的夢想！」我威脅。

「你敢，你就去當呀。」爸爸擋在門口，口吻裡帶有嘲諷的意思。

「好，我去。擔保物……應該跟耳朵有關係。你該不會是希望我耳聾吧？爸爸？」我靈機一動，嘴巴突然冒出這句話。

哇，我怎麼突然變得好聰明！只見原本靠在門框邊的爸爸一下子往我這裡走來，開啟了保險箱。

紫藍色夢

窗外傳來了鳥鳴聲。朝陽被藏在棟棟高樓後面沒有現身，只看得見覆蓋在較低樓層上的一層橘色的天空。在它之上的，是一片彷彿還在酣睡，還在做著夢的紫藍色天空。

這個夏天爸爸帶上了和媽媽的合照，到法國普羅旺斯去，去歸還那束定情物。父親說，他放開了那束薰衣草後，指間依然留著淡淡的花香。就像離開了的人，贖不回的夢，雖然都不在了，但來過，有過，就已在腦海裡留下溫暖和香氣。

作 者 注 解

　　曾憑著胡姬花和觀賞魚配種而獲獎無數的父親，為了不要再錯過我姐和我的成長，決定在 1980 年代，不再從事種植胡姬花的生意。但沒有文憑的他，為了能夠養活我們，去碼頭扛貨。一包包一百公斤的胡椒，壓得他的背脊永久性受傷。母親則在當年，為了照顧我姐和我而放棄了當中文老師的夢想。

　　但他們並不是唯一一對這麼做的父母。世上有無數的父母親，曾經，也仍為孩子，為生活做出犧牲，放棄夢想。身為人母的我，最清楚不過。

　　問起自己爸媽，遺憾嗎？他們笑著回答：「一切就當夢吧。」於是我有了靈感，寫了這篇「當夢」。「當夢」有「當掉夢想」的意思，我想透過故事告訴讀者，原來世上有一樣比黃金、鑽石還要值錢的東西，叫作「夢想，是一種爸媽當年用來換取孩子們三餐溫飽的貨幣」。

踮起腳尖愛

偶像劇《我可能不會愛你》插曲
2012 年
洪佩瑜 _ 唱　小寒 _ 詞　蔡健雅 _ 曲

舞鞋，穿了洞，裂了縫，預備迎接一個夢；

OK 繃，遮住痛，要把蒼白都填充；

勇氣惶恐，我要用哪一種；

面對他，一百零一分笑容。

等待，的時空，有點重，重得時針走不動；

無影蹤，他始終，不曾降臨生命中；

我好想懂，誰放我手心裡捧；

幸福啊，依然長長的人龍。

想踮起腳尖找尋愛，遠遠的存在；

我來不及，說聲嗨，影子就從人海暈開；

才踮起腳尖的期待，只怕被虧待；

我勾不著還，微笑忍耐；

等你回過頭來。

當夢

哪天，撲了空，折了衷，祈禱終於起作用；
一陣風，吹來夢，卻又敗在難溝通；
我終於懂，怎麼人們的臉孔；
想到愛，寂寞眼眶就轉紅。

你會回過頭來，回過頭來。

—————— 房間旅行社 ——————

見 家 長 日

今天是一個很特別的日子。我第一次帶男朋友至浩回家見我爸媽。我們約好晚餐時候見。我媽興奮極了，吩咐廚房為至浩準備一些好吃的。

他搭公車來到我們家對面，下車時兩手滿滿的都是禮物，見到我盡是傻笑。我一看他那滑稽、被鮮花蓋過頭的樣子，忍不住笑彎了腰。我幫他拎過他左手的那一大束花和酒瓶，好讓他能空出一隻手來牽我的手。

「我要你做好心理準備。我們家跟大多數家庭不太一樣。」離家五公尺的地方，我拉著至浩在路邊停下。「我爸……哎呀，總之，你不要被嚇著就對了。」

「他，會打我？」至浩睜大眼睛，認真地問。「不會。」我狂笑著回答。「那我不怕，我是大力士。」他故意挺起胸膛，裝成很健碩的樣子。我簡直笑翻了，手上那支紅酒也差一點被我給摔下來。

母親遠遠就聽到我們嬉鬧的聲音。開啟了電子門讓我們進去。

「歡迎歡迎。」她熱情地伸出右手，跟至浩握了握手，然後指示我們跟她從廚房旁的側門進屋。喔，我才走開一下一定是發生了什麼事。現在還沒整理好，所以暫時還不能經過客廳。

「你們家好～大～呀！你怎麼沒告訴我，你是富家千金呀？」至浩假裝緊閉著嘴唇，再從嘴角和牙縫間擠出以上那句話，我用手肘頂了頂他的肋骨，提醒他我媽在聽。

儘管至浩已經很努力地將聲量壓低，但母親還是聽見了。她回過頭，調皮地望了我一眼，故意用酸溜溜的語調回答了至浩的問題：「因為我女兒認為她爸媽的經濟情況與她無關。說好聽是懂事，說不好聽呢，是自命清高。」至浩因為發現我媽聽得見他說的話，感到不好意思。才剛點了點頭，他國字型的臉蛋就開始紅了起來。

我則在一旁不吭聲。母親說的是沒錯。要不是我自命清高，我們家的王國就後繼有人了。

開 飯

「小姐，太太說二伯他們聽說你今天帶朋友回家吃飯，也說要過來看看。不過他們還在路上，所以如果你們餓了我可以先準備一些小點心。」劉管家對著坐在餐廳裡的我和至浩說。我搖了搖頭，向她道了謝。其實我們兩個為了要今天能提早下班，都沒有吃午餐，肚子裡好像養了一隻鴿子似的，拚命地「咕咕」叫。可是我忍著。「我爸很重視晚餐。要是知道我壞了胃口，會

不開心。」我對至浩說。

好不容易才等到我那群白吃白喝的親戚陸陸續續抵達。劉管家看賓客差不多到齊了，就請大夥兒先坐下，並且給廚房傭人放話，準備開飯。

大家都很主動地拉了一把椅子坐下，將長桌一家之主的位子和旁邊的座位空出來。大家你看看我，我看看你，互相微笑著，卻沒有人說話。儘管他們顯然地，都對今天第一次來訪的至浩感到很好奇。他們的目光在至浩和我的身上掃來掃去，煩死了。但為了我爸媽，我默不作聲。

分隔餐廳和客廳的木門這時被推開。先走進來的是母親，隨之，是一位看護，把半躺在輪椅上的父親推了進來。母親配合他的輪椅速度，小步地走著，一邊拿著一臺微型攝影機，一邊對著輪椅前安置的一個話筒說話。「左邊坐著的是你妹，今天穿了一件黃色上衣，你妹夫看起來比上次黝黑多了；你看，你二哥今天也有來，剛理了個頭髮，精神很好……」

大夥都很配合地在我媽提到自己的時候，對著鏡頭揮手。有些親戚特別殷勤，看就知道想在我們這裡撈一些油水，有些則趁機向我爸說起他們的狀況，提到自己最近手頭緊，需要資金周轉呀什麼的。我媽理都不理，不等他們說完就換著拍別人了。

當母親手上的攝影機對準至浩時，我還以為至浩會不知所

云。哪知道這小子居然純熟地自我介紹起來：「我叫至浩，伯父您好。」接著伸出手，握了父親的右手。

父親的手一定很冰冷，因為至浩表情有點驚訝。

他對我們接下來做的事情必定感到更加驚訝。

五 感 刺 激

傭人們端來前菜的同時，劉管家過來通知我媽她那一份已經預先盛好，放在爐子上等她有空了會幫她弄熱。

前菜是一些沙拉、春捲。我爸不愛吃，母親就用一支綠色探測儀在它們上面繞了繞，再用攝影機拍了拍，然後將鏡頭指向飯桌前的人，讓我爸「看一看」大夥兒狼吞虎嚥的樣子。廚房又送來了辣味炸雞翅，這個是我爸的最愛，母親當然知道，於是她用筷子夾了一片，放在爸的碗裡頭，開始去骨。

「這麼不健康的食物，你爸不應該吃吧。」至浩看起來有些擔心，低聲問我。我用食指按在嘴唇上，然後指向我爸媽的方向，要他看仔細，自然就會明白。

只見母親從父親輪椅前的一個袋子裡，拿出一支紅色探測儀，放進碗裡，慢慢地移動著。大約兩分鐘後，母親將父親戴

藍色手套的手放在一杯冷水上，再重新將紅色探測儀放進水裡。

至浩看得目瞪口呆，筷子懸在空中，忘了自己原本要夾雞翅吃。

「沒有，我媽沒有直接給我爸吃。我爸不能吃東西。但這個紅色探測儀會把雞翅的溫度、辣味和滋味的訊號，傳到父親身上的一個電腦裡。電腦在分析好資訊後，傳給我爸。」

「喔，對了，你看到我媽用探測儀在雞肉上壓了壓，這是為了要讓我爸知道雞肉的肉質，還有雞皮有多脆，就好像我爸咀嚼過一樣。另外一個綠色探測儀是用來收集嗅覺資訊的。藍色手套感應到的，是觸覺。」我嘗試一口氣將我父親的「飲食」習慣說給至浩聽。

「紅色，是味覺。綠色，是嗅覺。藍色，是觸覺。攝影機和麥克風你知道了吧。這些都會傳進電腦，經過分析後再將資訊透過貼在我爸頭上的電極，傳入相關的大腦區域裡。」我滔滔不絕地繼續解釋道，越說，越感到驕傲。我爸可真是個天才，不用真的吃東西，也能嘗到食物的美味。

「知……知道了。」至浩口頭上這麼說，但其實好久都沒反應過來。

從 未 離 開

豐盛的晚餐很快地被那群不速之客一掃而光。吃完，大家就拍拍屁股打道回府。留下至浩一個坐在杯盤狼藉的餐桌前，特別安靜。

我已做好心理準備，至浩接下來必定會問一些問題；「你爸怎麼了？」

「為什麼你們這樣讓他這樣活著？」

「你肯定他能夠感受到你們做的一切事情嗎？」

「這是誰的主意？」

「為什麼不讓他安心地休養，非要這樣刺激他？」等等。

但至浩沒有。

「我爸他，他還在的。」我先開口。

「我知道。因為你在提到伯父時，你用的文法都是現在式，而不是過去式。」至浩一副很尊敬我爸的表情。

「但他不能像我們這樣……」我想解釋，但至浩突然握住了我的手，阻止我繼續說下去。

「你們願意這麼不辭勞苦地用不同的方式，讓他在昏迷狀態還可以繼續參與你們的生活，感受你們的家庭溫暖。這表示他

在你們心裡不是植物人,這點很令我佩服。」說著,還把右手搭在胸口,好像很真心似的。

母親從至浩背後的廚房門探出頭來,對我比了一個「十」的動作。媽媽給劉至浩打了十分。滿分。

電 子 鼻

是的,好不容易才找到一個在知道我是富二代之前就愛上我的男生。

誰讓我們家那麼富有,招來很多喜歡找藉口登門造訪的人,還有為了錢而百般討好我的男人和男孩。為了逃避這些無所謂的人,我們藉著父親需要休養的理由,搬了又搬。親戚是甩不掉的,但至少見錢眼開的追求者就少了許多。

誰讓我們家那麼有錢。怪都怪我父親一天的突發奇想,將他自己的發明和母親家族生意:旅行社,合併在一起,發展成現在無人不曉的「房間旅行社」,專門為世人提供:「房間旅遊套裝」。

話說,在父親研發這個計畫之前,是一個感官和人工智慧工程師,參與電子鼻的研究。電子鼻是一種由多種金屬製作而成的半導體感測器,結合智慧學習、辨識模式和辨識演算法,所製造出來的智慧嗅覺仿生系統。電子鼻原本可用在環境分

析，如空氣汙染檢測、惡臭分析，還有食品檢測儀上。

　　但父親發現，這種感測器和智慧、辨識模式的方程式，也可運用在視覺、味覺、聽覺和觸覺上。只要輸入跟原始環境所產生的神經刺激一樣的資訊，就可以繞過感官，透過電極直達大腦。

　　譬如，你可以不用張開嘴巴吃檸檬，但當我將檸檬酸度的資訊輸入你的頭腦時，我保證你的嘴巴也會跟著流口水。

房 間 旅 行 社

　　父親和母親交往的那幾年裡，剛巧發生了不少不幸的天災人禍、戰亂和瘟疫，令原本想要出國旅遊的人士望而卻步。同時，通貨膨脹也影響了許多旅遊勝地的物價。旅遊變成了一種普通人負擔不起的奢侈品。

　　可是他們對到外地旅行的渴望並沒有減少，頻頻上網閱讀旅遊資訊，去網購當地的土產，更有些藉助觀賞外國電影來望梅止渴。每年年中和年終的旅遊展吸引的人潮更是把會場擠得水泄不通。

　　但是，看的人多，訂購的人少，外公的生意始終面臨倒塌的危機。

　　我爸不忍心未來岳父目睹自己辛苦赤手空拳打出來的一片江山，就這麼毀於一旦，斗膽向他提出了他的建議。外公在兩個月內，大刀闊斧，關掉了九家分行，裁退了超過八成的員工，節省開支以便厲兵秣馬，規劃在一年內重振門面。外公再也不與航空公司或酒店合作，因為他提供給顧客的，是一種「無須出門，也能遊山玩水」的新體驗。

房 間 旅 遊 套 裝

　　3D 電影早已經見怪不怪。有些電影院聲稱他們提供 4D 體驗，但那些全都在班門弄斧。真正的大師，是我的父親。

　　我的父親能夠讓你身在自己的房間床邊，感覺人已身在巴黎，坐在塞納河旁邊喝咖啡。你能夠邊感受到杯子的溫熱和咖啡的香濃味道，邊用眼睛欣賞法國女人的衣著品味，還能同時用耳朵聆聽 200 公尺外傳來的手風琴手彈奏的 D 小調小步舞曲。為了讓這個體驗更寫實，我爸還會在輸入你的嗅覺資訊時，在你耳邊吹著的晚風裡加入塞納河偶爾傳來的陣陣臭味。

　　我的父親能夠讓你在足不出門的情況下，置身於霓虹燈肆虐的九龍旺角，去吃入口即化的香港點心；去嘗一碗熱騰騰的魚蛋粉；去女人街逛逛、讓熱鬧的討價還價聲轟炸你的耳朵。

視覺的立體感，加上其他四個感官接受到的栩栩如生的資訊，會讓你幾乎無法相信，你居然沒有買到任何一件服飾。

我的父親能夠讓常年被疾病纏身，或者行動不便的退休人士，一圓踏上萬里長城的心願！我爸說，為了讓過程更逼真，他會讓顧客誤以為自己在流汗，還會讓他們的關節隱隱作痛！要有什麼樣的體驗，房間旅遊套裝就會給你什麼樣的感官刺激。

套裝價格合理，加上不用收拾行李、不用飛行、不用睡在陌生的床、不怕被人搶劫、不怕水土不服、不怕傳染病，房間旅遊套裝大大受歡迎。父親幫外公扭轉了局勢，順理成章地坐上了會長的位子。

但父親不忘回饋社會。他將這個套裝免費提供給了身心障礙人士協會，讓他們也能夠像平常人一樣，感受旅行的樂趣。因為一切訊息，都是繞過你自己的感官，透過欺騙大腦而達成的。就算其中一個感官有障礙，比如失明，只要相關的大腦區域依然活躍，父親就有辦法讓貼上視覺訊號輸入電極的盲人，透過不同的電波頻率看見坐落在水中，壯觀的雪梨歌劇院，還有擠滿紐約馬路的黃色計程車。

父親在四十歲，也就是我五歲的時候，登上了年度叱吒風雲人物的寶座，並且蟬聯了三年。站在他的藍色招牌旁，父親曾經是如此威風凜凜。

樹 大 招 風

「房間旅遊社」擁有全球最大的團隊，到世界各個不同的角落如非洲、印度新德里、杜拜、埃及等等，六百個地點去收集資料，進行分析後重建，好讓更多人能夠繼續在家中，往較冷門的地點「旅遊」。

父親在前往亞馬遜河流前，笑說他的心願，就是在幾年後，讓一位有興趣到那裡「探險」的千金小姐，也就是我，能夠在不被毒蛇還有蜘蛛攻擊的情況下，感受到這個森林的神祕，然後回來向朋友炫耀。我爸還說他在套裝裡，會附送我被蚊子叮的體驗。

那是我最後一次聽到父親的聲音，感受到他懷裡的溫熱。

他受傷了。沒有人知道詳情。但行內人都說，父親太招搖了，樹大招風，惹來同行的妒忌，於是在他的身體裡下毒。但他身上沒有針孔、胃裡沒有食物，醫生想給他解藥也無從下手。他們在數小時的搶救之後，只勉強救回他的心肺功能，身體是注定癱瘓的，對外界刺激也再不會有任何反應了。

聽我媽說，我爸在飛往南美洲之前，似乎有預感會出事，把一整套連線至一臺電腦的探測儀，交給了她，交代她說萬一出了什麼差錯，只要他沒有腦死，就給他戴上，好讓他還能感覺活在這個世上，與我們同在。

青 出 於 藍

對至浩說了這麼多，我感覺有些鼻酸。我好想念我的爸爸。要不是為了我，他也不會親自出征到南美洲。想到這裡，我終於忍不住哭了。

至浩一臉捨不得的樣子，向我走來，摟住了我的腰。再抱著我輕輕地搖，下巴靠在我的頭頂，很小聲很小聲地哼著歌。我能感覺到他的喉結在動，大概是在忍住不哭吧。我知道他和我感同身受，畢竟他在幾年前也失去了父親。同病相憐，多麼悲慘的小確幸。

靠在他健碩的胸口，聞著他的氣息，我感覺有稍稍好一些。嘗試了這麼多次，這一次終於對了。

我深了深呼吸，滿足地將右手伸進邊口袋裡，將塗成綠色的小機器的開關關掉。餐廳只剩下我。今天的測試就到這裡為止。

「怎麼樣？」我媽走過來，問。

「不錯，這次更新版反應比較快。影像在對話時不會像上一個版本一樣，卡卡的。」我輕輕地將貼在頭上的各個電極小心取下，整齊地放回盒子裡。

母親點點頭，同意，並說：「對，我看你這次好像也比較自然。」

「再測試幾次，如果每次互動都能像今天這樣順暢，下半年就可以推出市場了。」我確定地說。

「這下子單身女子有福了。」母親尷尬地笑著。

「對呀，不用像我一樣，之前老碰到見錢眼開的爛人。女生從今開始不需要再對這世上的男人百般地溫柔討好。喜歡怎樣的男人自己輸入特徵就行了。要擁抱時就有擁抱，要收到花就會有花收，在對的時間說對的話，在你說話的時候靜靜聆聽不插嘴，而不是急著設法幫你解決問題。當用戶覺得不需要男人時，關上開關就行了。乾脆。」

我回頭望見母親用驕傲眼神看著我後，再輕輕地揉了揉不省人事的爸爸的手臂的樣子。她確定地說：「看來你不繼承爸爸的王國，是正確的決定。」

我沒有同意，因為我還沒成功。進行這項計畫的主要宗旨，還沒有達成。仿造會哄女生的膚淺男人容易，但要將一位偉人重建成一個虛擬版，還需要更多時間。

「媽，我答應你，再給我幾個月的時間，我就能讓爸爸回到你的身邊。等等我。」

作 者 注 解

　　寫這篇的時候，世界剛好處於非常時期，發生了戰亂、空難、船難、傳染疾病等等，導致好不容易身體狀況稍微好轉的年邁父母，因膽怯而取消了出國旅遊的念頭。

　　看到他們遊覽旅遊網站時，渴望的眼光，我就有一種衝動，想去發明一種能夠讓他們足不出門，就可以遊山玩水的儀器。

　　東西沒發明成，倒是寫了這篇《房間旅行社》。相信在不久的將來，一定會有個達人研究出能夠騙過自己的五個感官的儀器。到時，巴黎鐵塔都可以來到我父母的房間。

魚 鰓

楊丞琳 _ 唱　小寒 _ 詞　呂康唯 _ 曲
2013 年

鹽水的痕沫，腳板赤裸，

遠遠島上有燈火，

彷彿對我說，別再藏躲，

有種自由屬於我。

愛、愛愛愛，無精打采，
該，愛愛愛給窒息的夢一片大海。

我的心像長了魚鰓，充氧後醒來，
紅色血液在等待，
我只想不聲不響，跟你掰掰。
我的心像拔了瓶塞，跳出你胸懷，
等你轉身想倚賴，
我已不在。

海岸會戳破，浪花朵朵，
盛開未必會結果；
我曾穿越過，不留線索，
縫合回憶我是我。

愛、愛愛愛值得精彩，
快，愛愛愛把窒息的夢抽離人海。

—— 回不去的候車站 ——

出 走

「什麼都是我不對，那我走好了！」我把房門猛然甩上。「哼！有他就沒有我！」

我搬了一張凳子，將置放在櫥櫃最上層的粉紅色行李箱搬下來，打開，將衣櫃裡的衣服一件一件地從衣架上扯下來，丟到裡頭去。不行，太滿了，關不上。我又將它們通通抽出來，一件一件地分類：要帶的，和不帶的。

乾淨的衣服上飄來母親慣用的柔軟精氣味，薰衣草的味道，不知為何今天特別刺鼻，我鼻腔一酸，眼淚一顆一顆地，像跳傘員一樣，從我眼眶往空氣彈出，只是它們身上沒有降落傘，一顆顆都墜落在床單上，陣亡了。

為什麼沒有人了解我的心聲？沒有人了解到那支手機是我的心肝寶貝，是我用打工的錢給自己買的生日禮物，是我唯一的朋友？為什麼要讓弟弟碰？為什麼明明是他摔壞了我手機螢幕，可是卻打死也不認？為什麼明明是他犯錯，捱罵的卻是我？為什麼？為什麼？我恨死我弟！我恨死我媽！我恨死這個家了！這個家，不要也罷！

不要他們，我自己一個人也可以過得很好！於是我把頭一撇，借用右肩的衣服布料將還掛在臉上的淚珠抹去。我今年

十五歲了，但我恨不得馬上轉大人！變成大人我就可以擁有自己的家，可以自己租房子住，自己照顧自己，不用寄人籬下，不用看人家臉色。我有手有腳的，人勤快又能幹，沒錢頂多可以在速食店打工，就不信會在外頭餓死。

「碰！」我將箱子的蓋一甩，拉開抽屜，把我畢生積蓄：607塊錢，從鐵盒裡拿出來，再穿上球鞋，拉著行李走過客廳。我並沒有刻意放低聲響，只是父母和弟弟正聚精會神地看著電視節目，沒有察覺到我已經打開了大門，就快要離開這個家。

再見了我美麗的房間，再見了我的童年，再見了我的朋友們。至於討厭的家人們，最好不要再見。

跳 脫 時 間 的 旅 行

我決定離開這個傷心地，到一個沒有太多人認識的地方去。即使那意味著我將離我的朋友們遠遠的。沒關係，她們想我的話，絕對可以隨時搭火車來找我。

中午時分，怎麼氣溫一點也不高？而且風還吹得這麼猛，吹得整株老樹的葉子左搖右晃，要掉不掉的，只管發出沙沙的聲響，還吹得我也有些左搖右晃。這風太冷，我必須忍住不哭，否則一部分的淚水會倒流回鼻腔，連同就快要形成的鼻涕

一起流出來，那太難看了。我必須昂首優雅地走，不容許有一絲狼狽。

好不容易走到了火車站。「卉道國區火車站，單向、單人票一張。」我彎下腰，透過售票處玻璃上的幾個圓孔子，對著坐在暖氣房裡的售票小姐說。她的暖氣大概開得很大，溫差的關係，她小亭子裡的玻璃都開始起霧了，因此我看不見她的表情，只聽見冷冰冰的一聲：「卉道國區，1點16分，74元。」我用顫抖的右手，勉強從口袋拿出半路就準備好了的鈔票，放在售票處的小鐵盤子中。

我左手抓過通往自由的車票，右手推著行李箱往月臺走去。可惜我的行囊體積太大了，我等了電梯上下好幾趟，都擠不進去，升降機前又擋著個柱子，不讓拖著大件行李的人使用，氣急敗壞的我，只好拉著行李下樓梯。隨著沉重的皮箱的下端不斷撞著階梯的邊緣所發出的聲音：「咯噠！咯噠！咯噠！」我的喘息聲也跟著越來越大。十五歲的女生，說實在的，還真沒什麼力氣。

為什麼我還是一個青少年？為什麼不可以馬上變大人？大人多好？有力氣，有錢，可以隨隨便便就要狠，又可以隨心情辱罵和控制小孩子？我要變大人！為什麼時間不可以快轉到未來？我要變大人！

然後我看了看月臺上的時鐘，1點03分。如果它可以快轉

那多好，轉眼我就是個獨立的成人了。就算不能快轉到未來，也起碼快轉到火車開走的那一刻呀！但，它沒有，依然若無其事地按照自己的步調轉動著。

這個設計簡單的月臺時鐘，有著白色表面，黑色時針。和別的時鐘不太一樣，它一圈一圈地走著，很順暢，不像其他時鐘，在離開上一秒與抵達下一秒之間，都會有一陣顫抖。或許，人類上一秒相聚，下一秒分離的情節，時鐘已經目睹太多，再也沒有了忐忑。

再忍耐十三分鐘，就可以解放了。我佇立在用灰黑色的水泥鋪設的月臺，感覺被風吹得有點受不了，便沿著長滿青苔的紅磚牆走，想找個地方躲風。灰黑色的鋼鐵支架斜凸著，有好幾次被我差點撞個正著。強烈的陽光把候車站的地板照得一閃一閃的，令我哭腫了的眼睛有些睜不開。

水泥大概有參雜一些會反光的細砂吧。上午的那場雨，雨水還沒有蒸發完畢，把被乘客各式各樣的鞋底碾過的菸蒂，浸得溼透，菸紙變得半透明，隱約能夠見到裡頭的菸草。像我，誰都可以從我的表情直視我的心情。

我用腳尖狠狠地踩著其中一個菸蒂，想把它扯碎，正如我想把一切搗毀一樣。這時，車廂員透過廣播提醒月臺的乘客上車：「往卉國區車站乘客，請現在前往三號月臺。往卉國區車站乘客……」我按照著指示，上了火車。

怎知，我坐上了一列帶我跳脫時間的列車，開始了一段不按照行程表進行的時間旅行。

手持扳手的男人

午後的火車一般比上午的乘客少許多，可能因為抵達目的地的時間會比較晚，回家比較不方便。我這節車廂，除了我這黃毛丫頭，就只有一個穿著淺褐色套裝老婦女和一個戴黑框眼鏡的中年男子。

我選了一個靠窗的座位，勉強把重得不行的行李推到頭頂的鐵架上去，然後嘆了口氣，重重地坐到藍色亞麻布料的座位上，等待火車開始往前行駛。不知是因為剛剛搬行李花太多力氣，還是剛才在家哭累了，我開始覺得自己的眼皮如千斤重，就把腦袋靠在窗戶玻璃上，昏昏欲睡。我依稀記得我睡著前的最後一個念頭是「真希望睡醒可以回到過去，堅決不讓弟弟碰我的手機，不然手機就不會摔破了。」

人真的不該隨便許願。

不知什麼時候，列車開離了月臺。有好幾次，我掙扎著想睜開惺忪的雙眼，但屢試屢失敗。啊，這火車真是一個大搖籃。

又不知過了多久，我不知何故，突然驚醒。直覺要我往窗外遠處看去。陽光將外頭的草地照耀得一片泛白，令人無法直視。但大概離火車頭 200 公尺之處，出現了一道強烈的反射。是什麼在軌道上發光？原來，有一個人站在軌道旁，正手持一個巨型扳手，在鐵軌的連接處上用力地扭著、掰著、敲著！他站的地方，是在我們必經的軌道橋上！

大事不好了！他想害我們列車出軌！一旦出軌，我們就會跌落山崖！

我張開嘴，死命地叫，想叫醒車廂裡也已睡著的老婦人和中年男子，然後衝進火車頭去通知車長緊急煞車。我一定要這麼做，我一定要來得及！但無論我怎麼將氣體推向聲帶，我的喉嚨始終發不出一點聲音！無論我怎麼努力想離開座位，身子始終緊緊地貼在椅座上，一動也不能動！

我突然想起自己剛剛正在車廂裡打瞌睡。「這是一個惡夢。沒事的。」我轉而安慰自己，被自己剛才企圖嘗試做的滑稽事兒，逗笑了。我整理了一下外套，笑著想閉上眼繼續閉目養神。

這個想法一直維持大約二十秒鐘左右，在我乘坐的列車與一個蒙著面的男人身旁擦肩而過，在我乘坐的列車全速往山崖裡墜落之前。

跌落山崖以後

刺眼的光線鑽進我的瞳孔，我這才醒了過來，吃力地想把身體往前移，感覺後腦勺好像被誰用重物砸過一樣，劇痛難忍。怎麼回事？我伸手摸了摸，有一處貼了一塊紗布。

一個年紀不到三十歲的男子匆忙跑過來想阻止我。「小姐，不……」太遲了，我已經順手將那塊紗布，連同膠帶給撕了下來。有血！

「這位小姐，你剛才在上洗手間時不小心滑倒，撞到座位的邊緣，頭部有點擦傷。現在血還沒完全停止，所以不要去碰觸傷口。」

擦傷？我還真夠幸運的，跌下山谷才擦傷而已。但這時我發現四周有些不一樣了。火車裝潢變了。藍色亞麻的椅墊變成了棗紅色，有暗花的絨布椅座，車廂也擠滿了人。剛才那位穿套裝的老婦女，還有黑框眼鏡男人，都不見了蹤影。

這次不會又是再做夢吧？我捏了捏自己，但因為頭部受傷的關係，拇指和食指使不出太多力氣。最後，我放棄了。

年輕男子主動坐到我旁邊的空位，做了個手勢要我轉過身。他從我左手拿過我取下的紗布和膠帶，嘗試想把我的傷口重新遮蓋起來。「還好膠帶還有一點黏性。你不要再亂碰了，知

道嗎？」男子說。話剛落，就起身回到他的座位上去。

在我的大腦還未搞清楚這裡究竟發生什麼事之前，我說服自己：「我還在做夢。」既然做夢，那我就盡情享受做夢的過程吧。我的大腦想播放什麼情節，好吧，放馬過來，誰怕誰？

這時，我的目光被剛才這位男子一家人吸引了過去。他們坐在右手旁，面向著我的 14D 和 E 座位。男子身旁坐著一個抱著一個女嬰的清秀女子。她們大概是他的妻女吧。不知為何，我覺得這對男女好眼熟，卻說不出哪裡見過。

古 雅 的 候 車 室

「卉道國區站。」火車上廣播系統宣布著。喔，終於到站了。雖然我還不理解火車怎麼會換了個模樣，雖然我還不理解自己是怎麼受傷的，但我很慶幸自己終於抵達目的地。卉道國區車站附近，住著我最愛的阿姨，我媽的最小的妹妹。她最疼我了，相信她會很歡迎讓我暫住幾天，直到我找到工作為止。

火車慢慢地行駛入站，我終於勉強站了起來。但由於車廂搖晃得厲害，我連站都站不穩，更別說是把龐大的行李箱從架子上取下來。要不是坐在我對面的一位壯漢自願幫我代勞，我還不知如何是好。

　　我蹣跚地走下了火車的梯階，發現幫我貼紗布的年輕男子一家人也在這裡下車。他們大包小包的，看來這趟旅途是一場搬遷，而不是旅行。站在月臺上的他們向我點點頭，我也向他們微微笑，揮揮手。

　　這裡明顯很久沒有人來了。火車站是一棟油漆剝落得差不多了的木板屋，貼著木板牆壁的，是一個個撐起屋簷和雨淋板的 Y 字柱子，簡陋的建築卻用了拱頂石砌成呈圓形窗框，模仿巴洛克風格的牛眼窗。看得出當時建築師在有限的資源下，嘗試為小鎮注入的歐式美感。這些，都是我爸媽告訴我的：我小時候他們曾經帶我來過這裡探訪阿姨。

　　爸爸……媽媽……一想到他們，我心裡不免一陣悲傷。

　　於是我設法將念頭轉向別處，免得會後悔自己做了這個衝動的決定。長那麼大，我還是第一次獨自離家那麼遠。這個時候，他們應該發現我失蹤了吧。他們會不會緊張地報警？媽媽會不會被嚇哭了？還是他們三個壓根兒都不在乎我的離開？

　　不行，不可以哭。我還有好長一段路要走。

　　偏偏，這時原本連一片烏雲也沒有的天空，下起了滂沱大雨。我沒帶傘，手機也壞了，只好先進入火車站的候車室裡找個位子坐下，等雨勢轉小時才動身。

火車上的年輕夫婦

　　火車上的那對年輕夫婦也隨之推門而入。他們在窄小的候車室轉了一圈，最後選擇在面向廁所的塑膠椅子上坐下。婦女低聲地跟丈夫說了一句話，男子點了點頭，就將其中一個手提袋開啟，將拿出來的東西在椅座上一字排開：保溫瓶、印有小熊圖案的塑膠小碗、小湯匙、圍兜、綠色玩具小青蛙。喔，小寶貝吃飯時間到了。

　　做父親的，小心翼翼地將一勺一勺、煮得稀爛的粥盛進碗裡，放在椅子上。粥的味道飄進了我的鼻子，一股腥味，是我最討厭的魚粥。男子隨後指示妻子將嬰兒交給他，他負責抱女兒，好讓太太專心餵食。誰知女嬰才剛坐上爸爸的腳，就開始頑皮起來，胖嘟嘟的小腳強而有力地把媽媽手裡的粥給踢翻了。塑膠碗飛得老遠，粥水則濺得母女倆一身都是。

　　我趕緊向前幫他們把小碗和湯匙撿起來還給女子，並遞了幾張紙巾給她。女子接過了，禮貌道地了謝，回到座位上做的第一件事情，就是幫女嬰把衣服上的飯粒抹掉。她微微地皺起眉，但沒有發脾氣，只是對丈夫說，用這麼好的魚熬的粥就這麼白白浪費了，好可惜。現在壺裡剩的粥應該不夠孩子填飽肚子。

　　整頓好女兒後，女子轉身到廁所去拿衛生紙，把候車廳的地板擦乾淨。擦完地板，她又彎下腰把小碗和湯匙拿進廁所去沖洗。剛從廁所出來的她，再從手提袋裡拿出熱水瓶，帶著沖洗完畢的小碗和湯匙走回廁所。大概是要用熱水為嬰兒器皿消毒吧。

　　大約十分鐘後，好忙碌的女人才得以坐下來，重新從保溫壺裡把粥一勺一勺地盛進碗中。剩下不多了。她用左手把小碗舉得高高的，並笑著告訴丈夫要捉住嬰孩的小腳，別又把粥給打翻了，然後低下頭，憐愛地在女兒的小腳上輕輕地咬了一下。輕盈的笑聲好好聽。

　　好熟悉的畫面。好熟悉的臉孔。但我就是想不起他們是誰。只好趁他們忙著餵孩子的時候，仔細地打量著他們一家。想從中找出個蛛絲馬跡，協助我回想他們叫什麼名字。

　　男子穿著一件卡其色外套和褪色的陳舊牛仔褲，皮鞋擦得發亮，但鞋跟已經磨損。女人穿著一件深綠色羊毛衫，配搭花裙子。她潛意識地，時不時就調整著裙角，因為她的絲襪在膝蓋附近，有個破洞。夫妻倆穿著整潔而端莊，但看得出他們並不富裕，衣服少說也穿了好幾年。

　　坐在女人膝上的女嬰則不同。父母明顯因為要帶孩子出遠門，將她精心打扮過一番。女嬰全身上下，從帽子到小洋裝到小皮鞋，雖都不算是名牌貨，但看得出都不是廉價物品，可見女兒對這對夫婦，有多珍貴。

綠 色 青 蛙 玩 偶

　　粥被打翻了一半，孩子吃不飽，就開始大哭起來。夫婦倆有些驚慌失措，有些緊張，又有些難堪，頻頻向我道歉。小鎮的候車室沒有商店，他們無從購買嬰兒食品。兩人商量了一番之後，拿出了一個蘋果，還有一個麵包，放在孩子面前供她挑選。天真的嬰兒什麼都不懂，就伸出雙手，野蠻地把兩種食物都強抱進懷裡。

　　夫婦倆笑了起來。男子重新調整了一下坐姿，抱著女兒等太太將僅有的一個麵包一小片一小片地撕下來，放進女兒嘴裡。不過一會兒，麵包就吃完了。那嬰兒的胃還真是個無底洞，半碗粥和一整個麵包還餓呀？難怪胖成這個樣子，我打從心裡瞧不起那個只懂得欺負自己父母的臭小孩。

　　女子又從手提袋裡搜出一把小刀子，用熱水燙過，再把蘋果切成片，用小湯匙刮成泥，給女兒吃。看孩子吃得津津有味，女子臉上洋溢著幸福的笑容。終於小魔王在吃了四分之三的蘋果後，開始打哈欠。做媽媽的連忙用嬰兒紙巾給她抹了抹嘴，將她抱起，親了親她的臉頰，再輕手輕腳地把她放進嬰兒車裡。

　　女子重新坐下來時，手肘不小心碰掉了放在椅子上的一小

片蘋果。她著急地將它撿起，走進廁所將它沖洗乾淨，再和丈夫共享。

男子趁孩子睡著，而太太在收拾東西的時候，悄悄地打開了報紙，翻到了求職資訊那幾頁，低著頭仔細地閱讀著，並拿起紅筆在上面圈了圈。男子在找工作。

火車站外頭的天空突然在這個安詳的時刻，打了一個響雷，把嬰兒嚇醒了。才剛收拾好包包的女子，又馬上將袋子裡的東西翻出來，找出剛才那隻綠色青蛙玩偶讓女兒捏一捏，哄她入睡。好熟悉的玩具！

忽然之間，我像是被室外的那陣雷劈中一樣。我知道這是怎麼一回事了。

我從自己背包搜出一隻一模一樣的，陪了我 15 年的青蛙玩偶。

被扭曲的火車線

原本任職醫院的母親，因為擔心輪班制度會影響她照顧我的能力，辭職了。不巧的是，父親也在不久後被公司裁退了。那幾年世界經濟衰退，城裡無人徵才，父親只好帶上母親和還

是個嬰兒的我，到別處去找工作。

他們第一個抵達的地方，就是這裡，卉道國區，在小阿姨那裡住了一個星期，見沒有人願意聘請我父親，就上路了。

就這樣他們沿著火車路，去了不少城鎮，敲了不少公司的門，仍舊沒有好消息。最後他們決定讓母親回到醫院工作，父親在家照顧我，直到經濟好轉為止。

父親忍受著鄰居對他的冷嘲熱諷，獨自在家中照顧我的同時，也開始創業。母親則忍受著體力上的透支，上完夜班還要回來照顧我的飲食起居，為我烹煮我愛吃的，忍住打瞌睡的欲望陪我唱兒歌。這個情況維持了三年，直到母親生下弟弟以後。所幸當時父親的事業開始穩定，家裡的情況才開始好轉。

我並不笨，我了解到蒙面人的意圖了。他在我的火車鐵軌上動了手腳，讓我乘坐的火車以超越時間的速度掉入一個懸崖。那個懸崖就是起源於愛因斯坦（Albert Einstein）《相對論》（_The Theory of Relativity_）的「蟲洞」，也叫愛因斯坦－羅森橋，連接兩個不同時空的狹窄隧道，好讓我的現在，和從前可以同步發生，好讓現在的我，可以跟從前的我，還有從前的我的爸媽相遇。

將我的時空扭曲，改變了我的行程，要現在式和過去式撞擊，無非是要我回到我嬰兒的時候，去看看父母當時無論有多艱辛，都始終給我滿滿的愛。他要提醒我，我的父母曾為我付

出過多少苦心，他們愛我有多少。

　　我明白了，我了解了我應該孝順他們。我回家就是了。

　　我站起來，忍住激動，和相認的衝動，走到年輕男子面前，向他道別。「你要走了嗎？」女子問我。近距離看母親，才知道她年輕時原來如此地美麗動人。可是我對母親在我這個時空裡袒護弟弟的舉動依然感到很不滿，所以將怒氣遷移到年輕版的她身上。我沒有回她。因為我暫時還不想回她。我還在氣頭上，就冷冷地望了她一眼，不語地走向嬰兒車，蹲下身挨近著看了看在睡覺時的自己，再抬頭對年輕男子，也就是年輕版的父親說：「你們有多愛她，她是知道的。」

　　我走到了火車站外面的售票處。喔，雨停了。這時我果斷地彎下腰，透過售票處玻璃上的幾個圓孔子對著坐在暖氣房裡的售票老先生說：「憲宅火車站，單向、單人票一張。」

　　我決定了，我要回家了。

回到未來

　　我依然選擇坐在靠窗的位子，不斷地對自己哼著歌，以免又睡著了。我要讓自己能再度第一時間看到蒙面人扳手反射出

的第一道光線。不一會兒，不出所料，它出現了。

「好，預備了，一、二、三！」我用手掌拚命地摀住我的眼睛。我要我的腦子努力不斷地放映一些歡樂的片段，好讓身體可以完全放鬆，柔軟一些會比較不容易受傷，也希望自己感受不到火車脫軌時的撞擊力。

其實也不用，一切以疾雷不及掩耳的速度進行著。進入螺旋狀的「蟲洞」的那一刻，我已經完全失去知覺，說不定已被負能量分解。但我覺得沒關係，只要在我醒來時，已抵達離我們家最近的憲宅站就對了。

眼前一片漆黑。

等到我重新握著受傷的後腦勺在列車內醒過來時，車廂的內部又有些不一樣了，椅座並沒有被換成我原本乘坐的那班列車車廂一樣的藍色亞麻布料。反之，取代棗紅色和藍色的椅座的是黑色真皮椅套。車廂的窗子採用落地窗的設計，讓更多光線能夠進入火車內，減少日光燈的使用。

感覺不太對，好像坐過站了。都怪我沒有及時睡醒，才錯過憲宅站的。該怎麼辦呢？我是否該馬上下車？坐過了幾個站？坐過站的後果是什麼呢？

我等不及讓時間回答我的問題，便在列車進站的第一時間，急忙下車了，行李箱也沒拿。這裡叫作「偉萊站」，在「憲宅站」之後。我想到要是我立刻趕到另一個月臺，趕搭反方向的

火車，說不定可以順利回家。

於是我穿過了「偉萊火車站」現代化的候車廳，想奔跑到另一個月臺去。我無暇觀賞這棟簇新、摩登的建築物，只是無意間在被人擋住去路的瞬間發現這個火車站在頂部開了天井，以便這個大廳可以自然採光。

多年以後的今天

大理石地板很滑，又被陽光照得直反光，傷眼、傷神，奔跑起來很耗體力。我發現若是用「溜冰」的方式來移動，速度會快好多，只好假裝「溜」著「冰」，打算一路「溜」到售票處去。

但這動作太魯莽了，一晃神我就撞上一個二十出頭的小夥子。我漲紅著臉，扶住了小夥子，連連向他道歉。咦！這高高瘦瘦的男生怎麼長得那麼像我弟？定神一看，下巴那顆痣和我弟一樣的位置和大小，果真是我弟！是十年以後的他。

他沒有再跟我多糾纏，一副很趕時間的樣子。

我暫時忘了趕路，反而很好奇他到火車站來接誰，是哪一個女朋友？於是我跟了上去。嘿嘿，讓我看看他的未來女朋友，回去可以取笑他！

喂，不對呀，他走向一位雙鬢斑白的五十多歲男子。男子轉過頭，原來是爸爸！除了髮色，十年後爸爸一點都沒變，還是一樣帥。對了，媽呢？怎麼不見媽？

喔，一定是媽媽去找小阿姨，弟弟載爸爸來接她們。那，我呢？怎麼不見未來的我？我對我將來的樣子感到很好奇。莫非我這次離家出走以後，他們就再也沒找過我？想到這裡，我心裡冒起一陣後悔。如果是這樣，那也就是我咎由自取的，怪得了誰？

說時遲那時快，一個比較高，比較漂亮的我從候車廳另一端的月臺走來。這個「我」，大概二十五歲了。爸爸和弟弟都上前給了未來版的「我」一個很大很緊的擁抱。在遠處偷看的十五歲的我鬆了一口氣。還好家人沒有因為我一時，一次的任性而放棄了我。也或者，這是十年後一家人的第一次相聚。很難說。

爸爸做了個手勢，要弟弟去將車子開過來，看來是想把他支開。弟弟很識相，從「我」手裡接過行李袋，轉身就走了。二十五歲的「我」一副東張西望、不想走的樣子。爸爸再怎麼半推半拉，都被「我」阻止了。「我」站在原地不動，做了一個「等等」的手勢。

媽媽呢？怎麼不見媽媽？

父親這時才緩緩低下頭，嘴唇慢慢地說了幾個字。十五歲的我聽不見他說什麼，但從未來的「我」摀住臉，蹲在地上，拚命搖著頭的樣子，我已經看出了端倪。

有一個候車站，叫作「家」

十年後，媽媽不在了。

我那口硬心軟，雙眼能看穿我，雙手像暖風一樣安撫我的媽媽，原來不會永遠在我身邊。

可是我走的時候她人還好好的，怎麼可能就不在了？不行！我要回去阻止這一切的發生！她一定是因為我離家出走而病倒的！我不走，她就不會生病。

我明白了，我這下子徹底明白了。我這次的火車翻覆、蟲洞、時間旅行都不是意外，都是為了我這個不知好歹的小傢伙而準備的！我後悔了，我知道錯了。我不應該為了一點小事就和母親鬧翻。

因為人生就是一場有時限的火車之旅，身旁的人不一定會永遠存在著。能在同一車廂裡相遇、相處，已經是一種緣分。能和我們愛上一陣子，就應該感恩。和自己一樣，大家隨時都可能下車，去到一個熟悉或陌生的候車站，或搭乘另外一個路線的列車。

還好，遊子或浪子都好，總會有一個屬於自己的候車站，裡頭有關愛自己的人日夜地守候著、等候著。這個候車站就叫作「家」，暖和的候車室就是每一戶人家的「住家」，而和自己

短暫地相聚，在同一個空間、同一個時間裡一起用餐，一起聊天，互相關懷的人，就叫作「家人」。

然而，也可惜沒有人能在候車站裡停留一輩子，總會有人來，有人離開。我們一家人，終究會有一個必須離開，搭上其中一條火車路線的列車，往別的地方去，工作、組織家庭；也終究會有一個必須離開，搭上一趟永遠將他或她載到生命終站的列車。

誰也不能阻止時間列車，因為它的使命始終就只是帶上我們一天天地往生命的終點駛去，只能往前開，不能往後退。候車站，一旦離開，就回不去了。

時 間 是 回 不 去 的 鐵 軌

我要趁大家還在的時候，趕快回到我生命的候車站去。我要趁爸媽還在的時候，好好地愛愛他們。

顧不了，候車廳的地板再多不易行走，我都使勁地往前跑，跟隨著候車廳裡的指示牌，在繁雜的人群裡繞呀繞了好幾圈，辛苦了大半天才找到售票處。到了那裡，發現玻璃上沒有孔，不知對方可會聽到我說的話。管不了這麼多了。我對著玻璃向坐在暖氣房裡的老太太說：「憲宅火車站，單向、單人票一張。」

　　我引頸期盼著，終於可以上車，重新坐在靠窗的車廂位子上。此刻我無比期待那個蒙面男子的重新出現，再把時間扭曲一次，從未來回到現在，回到十五歲的我，回到我十五歲時，父母，還有弟弟存在的空間裡。

　　這還是我有史以來，第一次渴望弟弟在我身邊，無論比我小兩歲的他有多煩人。

　　我等著「嗡嗡嗡」火車開啟的聲音，才發現未來的火車是無聲的，不會造成空氣汙染。窗戶玻璃在烈陽下會自動調暗，這令我感到非常不開心，深怕會錯過那個蒙面人。

　　可過了許久，那道反光始終都沒有出現。沒有那道反光，沒有那些負能量，沒有那個蟲洞，時間就只是時間，就是一段承載著萬物生命，單一方向，往前走的鐵軌。我回不到過去了。

　　那個稱為「家」的候車站，錯過了，就永遠錯過了。

　　無論此刻我有多渴望回家，都再也不能跟媽媽道歉了，不能再看媽媽一眼了，不能再鑽進媽媽懷裡撒嬌了。想不到我對這個賦予我生命的女人的最後一句話竟然是：「我恨你！」

　　人生，愛都來不及，我卻以恨相待。

　　想著想著，我徹底崩潰了。

輕 盈 的 笑 聲

「喂。」有人在拍我的肩膀。我一定又是在火車上睡著了。

「讓我睡,別管我。」我把那乘客的手推開。

「喂。」那隻手又拍著我的肩膀。我挪了挪我的身體。

「讓我睡,媽媽死了,我也不想活了。最好讓我睡死了,一了百了。」

「呸呸呸。你在說什麼呀。」我感覺肩膀被那隻手使勁一推。真討厭,誰呀,幹麼一直煩我!我睜開眼,想凶他,發現眼前的那張臉好熟悉!

媽媽!

我立刻坐了起來摟住她的脖子,興奮地喊:「媽媽!」

「媽媽你還沒死!」

「呸呸呸!什麼死了?我當然還活著!不過你們姐弟倆再繼續這樣吵下去,我遲早也會被你們氣死!」母親喉嚨原本傳出一個久違的輕盈的笑聲,馬上又換了個沒聲好氣的口吻說道。

我定神望著四周。此刻原來我還在自己的房間!原來剛才是一場夢!我一定是靠在椅背上,讀愛因斯坦的《相對論》讀得睡著了。難怪夢裡會有「蟲洞」、「彎曲時間」等事件的發生。這

個好笑！我暗自竊喜，趕緊擦乾眼角的淚，不想讓母親看到。

「那，200 元，給你買新的手機。」我感覺我的右手掌上多了一疊紙張。「哪來那麼多錢？」我遲遲不解地問道。

「我逼你弟把你的破手機買下。誰叫他好好的電動放著不打，拿你的手機來玩。好啦，等下叫你爸載你去買一個新的。」

媽媽真好！但一轉念，我心還是有不甘，責問她「那你為什麼要罵我？」

「你推他就是你不對，我一定得指責你。這樣才公平。」母親解釋，半站起來要走開，又接著說：「你以為做父母，很容易呀？」

「不容易。媽媽，我一切都看得很清楚了。」我語氣堅定、懂事地回答，趕忙把差點掉出褲袋一張火車票塞了回去。

作 者 注 解

有一天搭乘無人駕駛的地下鐵時，站在車頭看到了眼前這一幕。隧道看起來像極了傳說中愛因斯坦－羅森橋，能夠允許我們穿越時空的蟲洞。而自己腳底的列車輪子，正挨著、沿著平行的鐵路往前行駛，不能後退。正如時間一樣。

人與人的相處，無論是在車廂內，或候車站裡，都只是短

暫的。沒有人會陪你從開始，待到最後，錯過了，就像《回不去的候車站》一樣，只剩下遺憾。但我們又有誰會在旅程開始前就已經懂得思念的，只有在一路上經歷離別後，才懂得珍惜。

邊 愛 邊 學

金池 _ 唱　小寒 _ 詞　蔡健雅 _ 曲
2013 年

剛下過雨的城市，起霧的樣子，

總讓心情也潮溼。

用你建議的方式，由微笑開始，

眼淚慢慢能把持。

你現在在哪裡，想你看到我有多努力。

關於你我的故事，也不過如此，

兩人誰沒有瑕疵。

但無論我再嘗試，仍無法制止，

不去回想愛你時，

你那溫熱懷裡想再見有多少的機率。

為何要到愛過後才了解，

擁抱擁有的差別，

怎麼讓堅決，不膽怯不會冷卻。

為何要到愛過了才了解，

珍惜可惜的差別，

怎樣的完結，都感謝，那些美好細節。

喔，跳躍的心要如何不流血，

只好邊愛邊學。

青春太不安於室，前進幾英尺，

幸福為何就走失。

被愛傷害每一次，如磨破手指，

換回成熟的果實。

你究竟在哪裡，想過問我卻已沒權力。

為何要到愛過了才了解，

道歉更難於道別，

怎麼剛完結就有些後悔與你隔絕。

喔，思念的心又怎會不流血，又怎會沒知覺；

喔，思念的心要如何不流血，只好邊愛邊學。

——————— PS 我愛你 ———————

葛大山與張逸詩

葛大山最要好的朋友兼同事張逸詩，近半年來頻頻投訴偏頭痛痛得厲害，吃不下睡不著，而且動不動就頭昏、嘔吐。原本大家都以為不愛喝水的她，是患上輕微中暑，所以都不斷地給她買飲料，督促她補充水分。

一直到一天逸詩突然在辦公室的影印室中暈倒，送至醫院後才發現，原來她的腦部長了一個腫瘤。

腫瘤順利地切除，但醫生並不排除復發的可能性，因此手術後還替她安排化療。很勇敢的逸詩，接受了她脫髮的事實，邊照鏡子邊逼迫親友和同事們在她光禿禿的頭上簽名，說是等於在為她設計一頂帽子。

燦爛的笑容掛在蒼白的臉上，更令旁人替她感到心疼和惋惜。這麼漂亮的好女孩，大好年華偏偏就患上了這不治之症。

朋友當中，最受打擊的是大山。畢竟他們倆從高中就認識，一起考上同一所大學的法律系，唸完漫長的大學課程後，還一起任職同一所律師事務所。雖然兩人都各自有伴侶，但感情好得比兄妹還親，常常有事沒事就到對方家拜訪對方家人。

雙方的家長，都暗自期待兩人能結婚，總輪流到房間裡暗示自己的子女採取主動追求對方，但每每都會捱罵，灰頭土臉地

出來。

不知情的人，也都以為他們是一對。可是兩人都否認，也說不想，說是因為太熟了，不來電，還說萬一變成情侶後分手，連朋友都沒得做，那就白白糟蹋了一段難得的友誼。

總之，兩人想這麼很要好下去就對了，誓約要做一輩子的好朋友。

眼看一輩子就快要變成一陣子，對逸詩依依不捨的大山在她睡著時，悄悄地靠在病床旁哭了不知道多少次。

是 誰 按 了 刪 除 鍵 ？

化療後，逸詩發現自己記憶力嚴重衰退。原本以為只是落東忘西這樣而已，雖然這樣就已足以讓平時謹慎、有條理的她抓狂了。誰知，逸詩漸漸地想不起來探望她的親戚的名字，在病床上用平板電腦上網時，開始想不起一些簡單英文字的拼音，和中文字的筆畫。

病人和家屬都很著急，請教了主治醫生。大山記得醫生大概是這麼說的：「雖然腦部手術屬於侵略性手術，但主宰記憶的海馬迴和杏仁核按照邏輯來說，因為處於較深入的地方，應該

沒有受影響。但當然手術的創傷也可能造成病人出現失憶的現象。」醫生還說，失憶這回事有些時候是暫時性的，也可能是因為腦部永久受損，結果會如何，誰都說不上來。

經大山解釋，逸詩家人也還是滿頭霧水。如今能夠做的，就是等待時間揭曉答案。

「沒關係，我可以重新練習拼音。」逸詩微笑著對母親說，再請大山到書店裡為她買來一些小學生的拼音讀卡。就這樣，逸詩每天都勤快地拿著筆，在醫生檢查、問話和護士打針、量體溫之餘，半臥在病床上練習拼寫那些被自己大腦給忘了的英文和中文字。

一個月下來，大山發現自己買的讀書卡，越來越多，程度也越來越低。第二個月時，逸詩大概只剩下拼寫至親的家人和朋友的名字的能力了。她的說話能力迅速地減低，運用的詞彙也越來越簡單。

此刻，逸詩能想起的，和大山擁有的共同記憶，也越來越少。就彷彿有誰在逸詩的大腦裡用力地按下了刪除鍵，一字一行一畫面地把她的記憶清乾淨。

一個父親的要求

大山的未婚妻維琦向他要求一起去探望逸詩。他雖然有些不願意，擔心女友會說錯話，卻念在她倆也是朋友的份上，答應了。他們下了班，買了一些水果，就到醫院去了。

才走到走廊，兩人便遇見逸詩爸爸在房門外呆站著，好像在等他們。

「大山你來了就好，我有事找你商量。」老人家也沒和維琦打招呼，就急急地拉著大山往服務電梯口方向走去。大山將水果遞給未婚妻，囑咐她先進病房，但別吵醒逸詩。

電梯口沒有別人，但老人一臉難色壓低著聲音，在大山耳邊說了幾句話。

「伯父，我不可以這樣做。」聽完逸詩爸爸的話，大山往後退了一步。

「我沒有叫你們在一起。」老人嘗試安撫大山。

「伯父，真的不可以。」大山依然拒絕。

「只是做做樣子，讓她開心開心而已。」老人有些緊張，把手搭在大山肩膀上。

「伯父，可是我們從未戀愛過，怎麼做做樣子？」大山回答。「況且我已經有未婚妻了，明年就結婚了，我這麼做會很對不起

維琦的。」

「放心，我會親自去求她的。」老人堅持。

「這樣很不妥當。我也不想騙逸詩。」大山感覺就快要詞窮，快要招抵不上了。

「我只是求你在剩下的這個幾星期裡，演演戲，讓她安心地去。她走了你們再繼續快活，伯父這點小小要求很過分嗎？」逸詩爸爸用手推開大山。

不知是逸詩爸爸的力度，還是醫院這一區突然發生地震，天旋地轉的，大山差點摔倒。

「幾個星期？」他想確定自己沒聽錯。

「醫生說的，癌細胞已經擴散。」做爸爸的，老淚滂沱。

潛 意 識 記 憶

維琦紅著眼走出病房，朝兩個男人這裡走來。大山趕緊用手掌抹去眼角的淚水，戴上笑容迎接她。她張開雙手撲向大山，抱著他哭了起來。

「逸詩好可憐，她就躺在那裡，好脆弱好可憐。」大山實在沒有心情說什麼安慰的話，就只鼓足足夠的力氣摸摸她的背。

「你知道嗎，她睜開眼睛看著我時，那樣子好可怕，好像她不認識我一樣！」說完，又繼續哭。

逸詩爸爸望了望大山一眼，哀求的眼神得不到回應，只好垂頭喪氣地走了。老人家駝著背，一小步一小步地走回去女兒身邊，那背影，在醫院走廊的日光燈照耀下，更顯淒涼。逸詩父母辛苦了大半輩子供獨生女上大學，好不容易捱到了可以享兒孫福的時候，偏偏只盼來白髮人送黑髮人的劇情，教人如何不唏噓？

想起自己大好前途和幸福的婚姻，大山突然感到一陣罪惡感。幸福，反正遲早都會來的，或許在此刻，可以等一等。

他牽著維琦的雙手，在電梯口的一排塑膠座位上坐下，向她提出了自己的要求。維琦臉上的表情混雜著震驚、憤怒、諒解和憐憫，令大山一時不知如何反應。

「既然她都已記不得大部分的人，就不能找別的單身漢來冒充一下嗎？」

「頂多你不要常常出現，她就不會混淆。」維琦果然是律師助理，分析能力強，說起話來鏗鏘有力。

「伯父說，逸詩打從失憶開始，就以為我是她的男朋友。醫生說，這是一種潛意識的記憶，和大腦創傷沒有關係。」

P S 我 愛 你

　　維琦勉強答應了。若連一個垂死的人爸爸的要求都不答應的話，她將被視為千古罪人。況且，她希望自己能以美好的「聖人」的形象在未婚夫心目中自居，能讓他看到自己的心地有多好，在婚後多疼惜自己一點。

　　計畫開始進行了。

　　大山開始用 PS 影像處理軟體將自己的身影加進逸詩擺在床邊的照片裡。合成的結果，是一張他隨著逸詩一家人到峇里島遊玩的照片。這個圖片編輯軟體還不錯，會自動將大山的膚色調整成晒傷的樣子，令原本在電腦前哭喪著臉的大山，忍不住笑了。當然，也可能是逸詩的笑容。它是很有感染力的。

　　到了醫院，大山悄悄地將相框裡的照片給換了。逸詩沒發現，她正忙著登入自己的社群媒體網站，想看看自己曾經認識的「朋友」們都在做什麼，再溫習一下自己過去的幸福日子，即使那些照片背景如今看起來都好陌生。然而現在自己身體這樣，跟外界的接觸也只能透過這些了。快樂，也只能依靠這些了。

　　可是別說是密碼，她連自己的帳號都已想不起來了。逸詩十根手指頭在電腦上試了又試，十分鐘後，又累，又氣餒，恨不

得將平板電腦摔在地上。

逸詩的媽媽溫柔地從她手中接過電腦，靜靜地幫女兒登入。才剛登入，就發現相簿彈了出來。逸詩的社群媒體相簿中，沒有大山跟她的親密合照，戀愛狀況也寫著「單身」。

她趁逸詩負氣地把臉別過去的空檔，將電腦拿給大山看。大山一看，明白了。

「應該是網路的問題，媽媽也沒法登入。待會再試吧！」老太太打著圓場，再對大山使了個眼色。大山看明白了，趕緊上前吻了一下逸詩的額頭，說：「寶貝，我把手機落在公司，得趕緊趁陳伯還沒鎖門前回去拿。拿到了馬上回來！」

大山原本不想走到這一步的。但戲要演到底，絕不能容許逸詩看出什麼破綻。他必須將逸詩相簿裡的所有照片，都加上自己。

軟體的好處是，大山不必一張一張地合成，在「選擇全部」的照片後，軟體會憑著角度、表情剪裁出最適合的影像，依照正確的尺寸加上去。

比較為難的是，他也必須將和維琦的合照裡，用逸詩的身影來代替，再從維琦的社群媒體上的相簿將自己去除。

「選擇全部」後，「取代」鍵一按下，自己，還有維琦就必須要向很多、很多家長和親友做出解釋和交代。但當務之急，考慮不了這麼多了。

軟體再厲害，照片合成得再天衣無縫，還是必須向對方申

請，必須對方的同意才行。逸詩這裡沒有問題，因為她爸媽可以登入帳號。但維琦，他心愛的維琦，要如何開口呢？

「噔。」手機傳來簡訊。是維琦。

「我同意了。」大山都還沒開口，維琦就搶先一步。

「謝謝你。這是暫時的。之後我就轉回來。」大山解釋。

「沒關係。」維琦說。

「對不起。」維琦看不到大山滿臉歉意。

「我也是。」維琦回。

「你知道我是愛你的。」大山輸入。

維琦沒有回應。大概是生氣。她絕對有生氣的權力。大山心想。

任務完成。

相識了十三年，葛大山終於將自己和張逸詩的友情，PS 成「我愛你」。

假裝愛，也是一種愛

最後，維琦還是走了，把鑽戒留在他家客廳茶几上，兩人的合照前。

「你不要這種時候才來無理取鬧好不好？」大山抓起話筒就破口大罵。好朋友的病情已讓自己夠煩了，未婚妻還落井下石。他感到心力交瘁。

「這不是無理取鬧。這是我的決定。」電話另一邊傳來維琦的聲音，口吻異常地平靜。

「她是快要死的人了，你還跟她計較什麼？妒忌她什麼？」大山無可奈何，嘆著氣問。

「我沒有妒忌她。我是羨慕她。」維琦淡淡地回。

「她只剩下不到一個月的壽命，想不起自己的過去，你羨慕她？你有病啊？」霎那間，大山感到無比厭煩，這個女人可還真夠扯的。

「我羨慕你這麼愛她。」維琦的語調中帶著一絲溫暖。

「我愛她，那我幹麼跟你結婚？」大山火冒三丈，氣得就快要摔壞家裡所有的東西。

「聽我說。」維琦繼續：「我知道你愛我。我也謝謝你跟我在一起時那麼愛我。但相信我，你愛的是她。」

「你是不是韓劇看多了，腦子進水了？我愛她？我是在假裝愛她，你該不會也被騙倒了？」不可思議，大山咬牙切齒地問。

「願意為一個人假裝愛她，根本就是一種愛 ——」維琦還沒說完，大山就把電話結束通話了。

因為這些日子，彼此都在

「不可理喻！」大山一會兒雙手叉腰，一會兒把雙手交叉在胸前，在房子裡來回地踱步，不知所措。

走累了，大山也決定了，要把前幾天 PS 掉維琦的照片狀況，從「暫時合成」換成「永久合成」。「哼，甩我？看我 PS 成我沒愛過你！」雖然這個舉動有點幼稚，但按下「確定」鍵的那一刻，心裡超爽的。

螢幕上這時彈出逸詩的「新相簿」，裡頭用軟體合成的照片有一千張之多，照片右上邊都有一個「米」字，表示需要大山選擇「確定」或「取消」。唯有一張沒有。這張照片來自逸詩的平板電腦。

因為那不是 PS 軟體合成的照片，是逸詩原本就擁有的唯一一張和自己的合照。那是一張大夥出遊，負責照相的大學同學趁兩人沒注意時，偷拍的照片。大山從不知道有這張照片的存在，也從不知道為什麼逸詩會收著它一言不發。

照片裡的那天有海，那海有風，吹得逸詩的頭髮好亂，差點就遮住了大山最愛的那張笑臉，惹得自己忍不住伸出手將她的瀏海撥開。那一瞬間，那個眼神交流，是？

失 憶 的 ， 原 來 是 我

時間不多了。就確定下來吧。

嗯，把我放進我不在的你的照片裡，把你 PS 進你不在的我的照片裡。大山心想。可是剛想按下「確定」鍵時 PS 軟體就彈出一道訊息，提醒他有重複的跡象。

「什麼嘛？」大山湊近螢幕一看，原來軟體測出逸詩大多數照片中已經有大山的存在，而大山的照片中則早已有了逸詩的身影。若不是在彼此身邊，就在周圍或背景當中。每一張團體照裡都有。

原來，我們這些年來，都形影不離。

為什麼形影不離？

因為我們一直都是愛著的。

維琦說對了，我錯了。

原來逸詩並沒有失憶。

失憶的人，是我。

作 者 注 解

　　這篇小說《PS 我愛你》其實沒有什麼很浪漫的背景故事。不過看朋友用影像處理軟體將他自己彈的吉他 PS（Photoshop）到年幼女兒身上，覺得很有趣。既然 PS 大神可以讓人隨意願修改腰圍，加上美人痣，無中生有，那麼愛情是否可以，從沒有，變成有？原來快樂，其實也可以很快的。

快 樂 快 了

偶像劇《B 咖的路》片尾曲
家家 _ 唱　小寒 _ 詞　蔡健雅 _ 曲
2013 年

就當是你的諾言，因為敵不過時間，才變謊言；
就當未來某一天，你我重逢偶然間，才算有緣；
在一切結束以前，靠近一點，近一點，我好安全。

快樂就快了，我不哭了，你別問為什麼；
愛情的拔河，先放棄拉扯，就當我是弱者；

快樂就快了，你下一個，可能比我適合；
於是我假裝我是不愛你的，
然後你就不必非愛我不可。

就當你給的諾言，是個來不及兌現，不是謊言；
就當未來每一天，是要等夢想實現，不管幾年；
這道門關上以前，再看一眼，你的眼，好多愛戀。

愛你太多我更該假設，人的幸福可能會乾涸；
你不說苦澀，背著個空殼，不如選擇，擁有快樂，喔～

我也會快樂，很快到了，你擔心我什麼；
愛情的拔河，先放棄拉扯，不一定是弱者；
我們的快樂，總有一刻，會逃不過離合。

我慶幸有過你讓我回想著，
然後你也不必非把我記得，
愛過誰捨得，最後誰曉得。

── 影子的懸絲人偶 ──

聚 光 燈 越 亮

天后喜歡站在人群前唱歌給大家聽，雖然其實她並不是特別愛唱歌。她愛的，是她站在臺上時，聚光燈下的自己，彷彿全世界就只有她一個人重要；她愛的，是所有男人把注意力都放在她的身上，彷彿她是一塊令人垂涎欲滴的鮮美肥肉，卻遙不可及；她愛的，是所有女人把羨慕的眼光都投射在她的臉孔上，在愛她的同時，也恨她為何長得如此出奇地美麗，讓每一個她們，回家照鏡子時都覺得自己相形失色。

她愛，她愛死了這盞將自己頓時照得閃閃發光的聚光燈。

大眾，也愛死了這盞指引偶像上臺與自己見面的聚光燈。

只是粉絲們都不知道，偶像面對著刺眼燈光的時候，藏在她的背後，是一坨最陰黑，最深不可測的，影子。

影 子 越 暗

我們都以為，有光的地方，就有影子。我們都以為，背後影子是因為我們的身體遮住了光，而由於光只能以直線通行，被身體遮住的地方，就不會有光線抵達，留下一片黑暗。

但，現在我們都知道那不是事實。

「影子」其實就是「黑」。「影子」是人們在陽光出現時，給躲在萬物背後的「黑」取的名字。面對著陽光的時候，我們背後之所以會有影子，只是因為它們在利用我們的軀體躲避光線。

以此類推，歌星上臺之前，檯面上的原本是一整灘慢速蠕動的「黑」，她上臺後，一打燈，檯面上的漆黑就會一秒之間，躲到她的背後去，厚厚的一疊，變成顏色很深很暗的「影子」。

「 光 」 和 「 黑 」 本 是 孿 生 兄 弟

影子的產生，並不是因為光線照不到，而是因為「黑」只懼怕，也最怕，光。有光的地方，它就躲得遠遠地，光一到，黑就會往前逃跑。我們肉眼看得越多，黑暗就越少。

黑怕光，是因為光，是它的親哥哥。雙胞胎哥哥。

民間有個傳說，在若干年以前，有兩兄弟叫術陵光和術陵黑，在一歲生日派對上，各自選擇了一樣物品。術陵光選了一把劍，而術陵黑選了一張毯子。老人家們都說，術陵光注定是一個武士，負責捍衛與指引世人，而術陵黑的使命則是守護、照顧、安撫人類。

　　術陵光每天一大早就起身，喚醒沉睡的學生們背起書包上學，在課室裡好好地學習、吸收知識；帶領農民到更肥沃的土地上耕作，給植物足夠的能量製造穀糧餵飽人群；幫助主婦們烹飪、穿線、縫紉、洗衣服。

　　豐衣足食的世人，對術陵光感激萬分。

　　術陵黑每天在家中，等待著哥哥下班回來，才開始值他的晚班。他的責任是幫助世人把辛苦了一天的身體好好地放鬆下來，讓睜得累了的雙眼可以休息。術陵黑用黑色的毯子將天空一蓋上，等於告知世人有他罩著大地，大家可以放心地睡覺，讓他用毯子，擁抱著他們，讓植物可以像其他生物一樣，有吸進氧氣，呼出二氧化碳的權利。有時，術陵黑還會沿著毯子，往地球輕輕地呼氣，化為晚風，輕撫世人的髮梢。

　　沒有術陵黑，世界是不能運作的。

閃　電

　　就像花草樹木一樣，人類也總會把心向著光亮的地方，認為看不見，就等於沒有。沒有人看見術陵黑的努力，因為他工作時，大夥都睡著了。

　　世人把哥哥術陵光捧為英雄。有人為他寫詩篇，有人將他當神明供奉，有人更花了畢生時間，想要發明能和他一樣提供「光」給人類的儀器，比如電燈。術陵光沐浴在世人的崇拜之中。

　　相反地，大家把弟弟術陵黑視為光亮的終結者，因為只要他一出現，就表示一天裡面的美好事物都必須暫停。所有人都希望術陵光能夠永遠地照亮他們的天空。誰稀罕黑了？

　　嫉妒在黑色的布幕上滋生著，每天都在術陵黑耳邊竊竊低語著，催眠著他去找哥哥攤牌，要哥哥告知天下他這個做弟弟也不是毫無貢獻的。

　　「誰讓你小時候選擇毯子？只有嬰兒才會選擇毯子。這是你的命，別賴給別人。」術陵光對著弟弟冷嘲熱諷，拿起劍在弟弟面前揮舞著。「有我在，就輪不到你發光！哈哈，聽出來這雙關語了嗎？發光！」

　　術陵黑被惹火了，這是一次宣戰！既然哥哥不願意替他發言，那他唯一能夠做的，就是證明給世人看，術陵黑出現的時候，術陵光是發不出光芒的！

　　他將自己的毯子向哥哥扔去，想讓世界在「光」值班時剎那間變「黑」，這樣他們才知道「光」其實也沒有厲害到哪裡去。這樣大家才知道「黑」有多大的威力！

　　誰知術陵光才不允許弟弟讓他出醜，更不允許弟弟搶去他

的鋒頭！

於是他拔出利劍，乾脆俐落地往術陵黑的毯子劈下去。

黑暗的宇宙天空，突然出現了一道強烈的亮光！那就是我們在暴風雨天，所看到的閃電！代表著兄弟倆一次又一次的交手。

術陵光並沒有在打敗弟弟之後收手，趁他還在驚嚇之際，繼續揮著劍，把毯子給切個稀爛！

術陵黑難過地拾起了滿地的毯子碎片，倉皇而逃。

復 仇 計 畫

術陵黑躲在山洞裡，抽泣著，不能控制自己。誰會料到親哥哥竟如此對待自己。他也後悔聽取嫉妒的「忠告」，不然他怎麼會槓上術陵光。一切都太晚了，戰敗的他已經沒有顏面可回家。大家再也不會相信自己了。

他彎下身子努力地將毯子湊合，但碎片怎麼都黏不起來，攤在地上。這時，嫉妒帶著仇恨、寂寞、墮落、欲望等來到術陵黑面前，假裝安慰他。一個戰敗的人在最脆弱時，最需要的就是友情了。他原諒了嫉妒，還在嫉妒的指引下，和大家結拜成兄弟，誓言要讓全世界見識一下「黑」，有多可怕！

大家決定聯盟，重返人間，大展拳腳。

但術陵黑過不了心裡一個難關。他是「光」的手下敗將，因此他還是害怕見到「光」的。一有「光」的地方，「黑」就會躲起來，但世上有多少個山洞能讓他藏躲？

於是嫉妒、仇恨、寂寞、墮落、欲望等壞念頭當起軍師來。術陵光那麼愛人類，那麼要打倒他，就必須從他最愛的人類著手。

出奇的，這一點也不難。

影 子 的 懸 絲 木 偶

世上的人類享受著術陵光賦予的能量，日子越來越好過，人卻也越來越懶散。反正全日都有光亮，大家都不必急著一大早就起床上學、工作。反正全日都有光亮，田裡面的稻米、蔬菜都長得很好，牛隻也因為綠草茂盛，而健康、壯碩。人們不愁吃不愁穿，結果過慣了好日子，都不願再腳踏實地地為未來努力了。

不願腳踏實地的結果就是，會從地球的邊緣掉進宇宙無邊無際的黑洞裡。這，讓人間陷入一片恐慌之中。

　　術陵黑在這個時候，趁虛而入，提供了人們一個解決的方式。那就是術陵黑會提供懸絲，將人們全身給綁著，這樣人類就不怕從地面掉出去。但交換條件就是他們必須像提線木偶一樣，任由擺布，並且為「黑」提供庇護，好讓「光」找不到他。

　　人類一點也沒有異議，反正對他們來說沒有損失，可以照常享受「光」所帶來的好處，又可以有「黑」拉著他們不讓他們掉落。但人類沒有發現，當臉部面向光時，眼睛看不到的是躲在背後的陰影中，也藏有嫉妒、恐懼、仇恨、寂寞、墮落、欲望、自負。它們正在慢慢地，爬上他們的背。

失 去 背 脊 的 黑

　　「你不是因為『光』而存在的。」嫉妒說。

　　「你本來就存在，而且幾乎無所不在，幾乎無所畏懼。」自負說。

　　「你有強大的威力，不怕毒藥，因為你本身就是毒藥。」仇恨說。

　　「你不用怕鬼魅，因為你自己就是鬼魅。」欲望說。

　　「你不怕生病，因為你就是一種瘟疫。」恐懼說。

「你不怕死亡，因為，你就是死亡的棉被。」墮落說。

「你是小孩媽媽熄燈之後，他因為怕你而躲在被單下，卻遇見的更多的你。」寂寞說。

大夥每天都為術陵黑洗腦，好讓他允許他們利用他的毯子碎片，去指使人類依照他們的意願辦事。

術陵黑為了躲避哥哥，必須常常蹲在人群背後。為了能更有效地拉住人們身上的提線，並操縱他們，他必須一直躺在街道、臺階、月臺、草地上。

和直挺挺的「光」不同的是，「黑」在自己的陰影中，漸漸失去了背脊，沒有了骨氣。

盲人的話

幾十年後，終於還是東窗事發，術陵光發現世人開始從事一些不那麼光明正大、不光彩的事情。他懷疑起自己的弟弟，開始搜尋著他的蹤跡。可是萬物和術陵黑配合無間，有「光」在的地方，就可以把「黑」藏得很好。

但久而久之，當仇恨、欲望、嫉妒、恐懼、寂寞、墮落和自負提出的要求越來越多時，術陵黑開始露出了馬腳，在哥哥

出現的地方，來不及閃躲。來不及閃躲的「黑」，一碰到「光」，就會在邊緣被切割開，然後被「光」給消滅。

一場貓捉老鼠的競賽開始了。「黑」總是在前頭跑，而「光」總是慢半拍，在後面追。

有這麼一回，正當「光」要追上「黑」的時候，「光」被一排垃圾箱給擋住了。

「冤冤相報何時了。」垃圾箱後頭傳來一個聲音。術陵光移動著身體，來到一疊紙皮前面。是一個髒兮兮、衣冠不整的流浪漢。他直視著術陵光，沒有一絲卑微。

「我那麼尊貴，從來沒有人敢用眼睛直視我。這還是第一次。」光對自己說，顯然有些不甘心。

「我和他相處了七十年。其實他心腸很好。」老先生用他積滿汙垢的指甲，在他被歲月的彎刀刻過的臉上抓了抓癢，再伸出手摸了摸後巷的牆壁，掙扎著站起來。

原來是個瞎子，難怪不知天高地厚。

「你說誰？」術陵光問。

「您弟弟：『黑』。」老人回答。

「你認識他？」光驚訝地問。

「我是瞎子，從出世以來就沒有了視力。」盲人先生解釋。「所有被你照亮的東西，別人看得到，但你對我來說，都沒有用。」

「那時我還是個小孩子，怎麼會明白這些事情？我的爸媽遺棄我，朋友一個也沒有，淪落到街頭。但您弟弟『黑』，他決定留下來陪我，安撫我，教導我如何生活。」盲人灰白色的眼珠子底端，泛起了淚光。感激的淚光。

「所以說，『黑』還是有他的作用的。」術陵光這才知道「黑」也不是一直都是敗壞自己名聲的壞弟弟，依然有記得遵守自己與生俱來，「守護」、「安撫」的使命的時候。

於是術陵光決定放弟弟一條生路。條件是，他不準在他的面前出現。

白 天 和 黑 夜

無論誰是誰非，兩兄弟畢竟是鬧翻了。

術陵光不滿弟弟和壞念頭們打交道，帶壞了他自以為辛苦引導的人類；術陵黑則為哥哥如此想仇殺自己而心碎。

於是他們決定分家，一人各取一半的地球。這樣兩人就都能夠各自完成原本背負的使命，造福人群，同時擁有各自的天地，從此不用再見面。

術陵光工作的那一半，叫作白天；術陵黑的那一半，叫作

黑夜。但人類總不能 24 小時處於白天，或黑夜，會發狂，於是兄弟協定，他們會互相替班。

就這樣，人間恢復了有白天和黑夜替換的日子，所有人又重新開始在術陵光拎著光線上班時，起床。12 小時後，輪到術陵黑。

到今天，「光」依然沒有放棄在「黑」出現的時候，追殺他。但「黑」念在兄弟一場，依然還是尊重「光」，所以允許人類在他值班的時候，使用能夠發光的東西，譬如蠟燭、電燈、油燈。雖然這些並不意味著哥哥來到，但「黑」還是習慣性地躲得遠遠地。

而我們人類，如今依然被「黑」從背後捆綁著，依然被陰影中的各種壞念頭操縱著，不得自由。

作 者 注 解

常寫詞、寫稿到深夜。為了幫助思考，我習慣把燈光調得很暗，甚至有時完全不開燈。不知是自己的想像力太豐富，還是神經過敏導致疑神疑鬼，我偶爾會以為自己看見黑暗中有黑色的東西在晃動。

　　萬一，影子不是因我們的軀體擋住光線而形成，而是本來就流動在黑暗的生物，躲在我們身後，只是因為怕光，想避開。

　　萬一，我們人類能夠站在地面上不是因為地心引力，而是因為我們是趴在地上蠕動的《影子的懸絲人偶》？

孤 獨 患 者

陳奕迅 _ 唱　小寒 _ 詞　方大同 _ 曲
2011 年

歡笑聲、歡呼聲，

炒熱氣氛，心卻很冷。

聚光燈，是種蒙恩，

我卻不能，喊等一等。

我真佩服我，還能幽默，

掉眼淚時，用笑掩過。

怕人看破，顧慮好多，

不談寂寞，我們就都快活。

我不唱聲嘶力竭的情歌，

不表示沒有心碎的時刻，

我不曾攤開傷口任宰割。

癒合，就無人曉得，我內心挫折。

活像個孤獨患者，自我拉扯；

外向的孤獨患者，有何不可。

笑越大聲，越是殘忍；

擠滿體溫，室溫更冷；

萬一關燈，空虛擾人；

我卻不能，喊等一等。

你說你愛我，卻一直說，

說我不該，窩在角落。

策劃逃脫，這也有錯，

連我脆弱，的權利都掠奪。

我不要聲嘶力竭的情歌，

來提示我需要你的時刻，

表面鎮定並不是保護色。

反而，是要你懂得，我不知為何，

活像個孤獨患者，自我拉扯；

外向的孤獨患者，需要認可。

影子的懸絲人偶

———— 魔鏡　魔鏡 ————

簽 約 儀 式

「好……我們現在可以請我們的樸惠菲小姐站到我這邊來。對，就在巨型合約前面。啊，是的。讓我們請我們閃爍星集團總裁聶岱先生站到樸小姐旁邊……對了，很好！」戴著金色鏡框的主持人安排著臺上幾人的位置，嘴巴咧得差不多就快把一張嘴臉給切半了。

站在樸惠菲身旁的聶先生也好不到哪裡去，身材臃腫，身高比自己矮一截，油頭滑臉的，怎麼看都不像是全亞洲規模數一數二大的娛樂公司總裁。想像自己接下來五年必須每隔幾天就與這個人開會、吃飯，兩隻手臂上馬上就布滿雞皮疙瘩。可是為了自己的光明前程，樸惠菲吸了一大口氣，把嘴唇的兩端死命地往上撐了起來。

臺上兩位穿著火辣的女助理各捧著一個絲綢枕頭，向他們走來。枕頭上置放著一支鍍金的馬克筆。聶岱和樸惠菲各自拾起金筆，在大板上簽了個名。總裁聶先生放下筆，雙眼瞄著女助理的身材時，笑得見牙不見眼的德性，真是令人作嘔。

聶先生回過神來，發現樸惠菲正盯著自己看，非但沒有不好意思，還馬上將臉一沉，看了看樸惠菲的臉，再看了看她的身體。她感覺對方銳利的眼光正沿著自己輪廓，一寸一寸割

著，就像雷射似的，刺得皮膚發疼。

樸惠菲不是什麼省油的燈，回頭就狠狠地睜大眼睛瞪回對方，嘴角依然保持著笑容，毫無忌憚地從牙縫擠出一句：「我有穿衣服呀，老闆。」

聶先生用手掌輕輕地托著她的背向前走，邊假裝扶住自己剛簽約的女星，邊向臺下媒體招手，語氣冷冰冰地說道：「親愛的，你誤會了，我剛剛是在想，你該減肥了。」

給 太 座 的 禮 物

要不是十幾年以來穩賺的公式日漸失效，導致公司股票猛然下跌，加上老闆娘的極力推薦，閃爍星集團才不會簽下樸惠菲，這種不賣臉蛋，靠才華，靠實力取勝的歌手。其實樸惠菲長得算清秀，上鏡又有親和力，也不算醜女一名，只是比起聶先生近年來簽的美女帥哥，她，的確就略顯遜色了。

股民早已對閃爍星集團多年來「賣臉、賣肉」的宣傳模式，失去信心。一家唱片公司賣的不是音樂，而是一張又一張的棒球卡、簽名海報，一次又一次的點心聚會，和與偶像進行影片對話的機會，模糊了焦點。這樣的經營方針，不僅讓專輯買氣越來越差，更讓聶岱變成同行的笑柄。

　　聶先生的太太平日並不多過問丈夫的公司業務，甚至對他花天酒地的靡爛生活也置之不理。但她在偶然間透過社群媒體，看見朋友的朋友分享的影片，頓然變成了樸惠菲的忠實粉絲。影片中，她素著一張臉，擔任起四人樂隊，一會兒彈吉他，一會兒鋼琴，腿綁著鼓棒，臉上架著個口琴。

　　雖然單人樂團已不是新鮮事兒，但這些，再加上她的創作能力、嗓音的高辨識度和笑容甜美，讓大家不留意她也難。唯一的缺點：她的體型很「健康」。以平常人的標準來衡量，一個167公分的女生，56公斤算瘦了，但在娛樂圈裡，樸惠菲是個「超重」的歌手。聶先生原本和不少娛樂公司老闆一樣，一看到她放下吉他後，不夠苗條的身型，就打消和她簽約的念頭。

　　偏偏，聶先生在和太太慶祝結婚三十週年之時，由祕書精心挑選的寶石手鍊被退了回來。「這些我都不要。我只有兩隻手，這些年你送的手鍊我戴也戴不完。今年，我要你送我兩份特別的禮物。一，是答應讓我在接下來一年待在美國陪我爸媽，順便換換環境。二，就是把她簽下，好好栽培。」說著，就把手機上樸惠菲的影片播給丈夫看。

　　即使夫妻倆早已沒有了愛情，但聶先生念在這片江山是兩人一起打拚出來的，對於太太，他總是有求必應。況且，這個歌手已有名氣，需要花在栽培上的資本不會太多，簽下她，一舉兩得。

公司資產

「謝謝你。」樸惠菲給了搬運工人一筆數目不小的小費，目的是想趕緊打發他們走。工人們很識相，快快就閃人。

「啊，終於可以獨自享受我的義大利皮沙發和 40 吋電視機了！」公寓面積雖然很小，但裝潢還是很高級的。她把二郎腿往茶几上一放，手臂和肩膀的皮膚首次領會到什麼叫高級皮質家具。這，和她自己家的人造皮沙發簡直一個天一個地，舒服得整個人都能融化在裡面。

「鈴！」電話鈴聲突然響起。樸惠菲掙扎著起來，四處張望了老半天，電話呢？她閉上眼仔細地用聽覺尋找鈴聲來源。找到了！就在大門旁邊。「喂！」她緊張地湊近聽筒。只聽見一個女人語調客氣地對自己說道：「我這裡是廚房。小姐，請問一會兒晚餐想吃什麼？」

「石鍋飯！牛肉的！」樸惠菲想都沒想，就回答了。今天簡直餓死了，為了剛才簽約儀式上，不讓小腹凸出來，她已經整整 6 小時 35 分鐘沒吃東西了。「我有低血壓，不吃會暈倒的。現在有得吃，還不好好大快朵頤，補充一下養分？」

簽約大公司就是有這個好處，衣食住行通通無須自己操心。住的地方雖然不大，交通有些不方便，但進出有專車接送，三

餐有專人打理，上通告時有造型師治裝、還有專人負責妝髮，感覺還真不錯。據說，這是公司珍惜並保護自己資產的一種表現。這麼一來，藝人就能專心地練歌、好讓自己在表演時能全力以赴，表現得越好，就越能替公司賺錢。

唯一的缺點就是合約有效期內，藝人不得擅自外出，不得擅自和外界接觸。就連社群媒體的帳號都必須轉由助理管理。助理會按照宣傳和活動期程安排照片和文字的露出。虛擬朋友再會了！問題是真實的朋友也不許隨時探訪自己，必須先預約，探訪時還不許攜帶有攝影功能的電話。

這和坐牢有什麼兩樣！其實這也是樸惠菲想了甚久的一個考量。主要是擔心這樣就不能常見到自己親愛的母親大人了。樸媽媽為了女兒的未來著想，安慰她說，在這個時候闖事業，家庭放在第二位，是合理的做法。雖然同時間也有別的公司表示有意思簽下她，但閃爍星集團財力雄厚，一旦發行唱片，宣傳的預算肯定比小公司來得多，效果也自然會比較好。

好想媽媽。尤其是當食物送來，沒有媽媽的味道時。「走，去看看臥室！」她突然用盡全力將自己從心愛的白色沙發上「撕」出來，捧著托盤和筷子，衝到房間去。

白色家具……白色地毯……白色床單。這將是第一個不在媽媽身邊睡覺的夜晚。自從父親在自己七歲那年去世以後，樸惠菲就搬進母親的房間，一睡，就十二年。如今要一個人睡，

還真有點不知所措。

　　想給媽媽打電話，但合約上說不行，需要預先申請批准。沒關係，她安慰著自己。吃飽一點，吃飽了說不定會舒服得馬上睡著。那時就什麼都好了。最沒有忍餓天賦的樸惠菲，坐在床邊狼吞虎嚥地吃著，用力咀嚼著，以克制眼淚奪眶而出的欲望。

　　「嗯，還不錯吃。」食物還真的有抗鬱功能，只是這麼一大碗米飯吃下肚，胃幾分鐘後就撐得有點受不了，心裡的罪惡感不免油然而生。「不會有事的。我叫樸惠菲，就是「不會肥」的意思！」想著想著，覺得有點睏了。

　　她把托盤放到門口，剛想走回房間，才發現這公寓有一個怪異之處。那就是：每一堵牆上都有一面鋪天蓋地的鏡子。往上一看，連天花板上都貼上鏡子！

　　「睡久了就會習慣的。」她不以為然地邊照著鏡子，邊告訴自己，還做了一個 360 度旋轉，才走進了房間。樸惠菲所不知道的是，在這期間，鏡子已記錄下了她的輪廓，並且將她現有體型的影子寬度，增加了百分之二十。

明星的代價

「鈴！」

「鈴！鈴！」

「鈴！鈴！鈴！」

煩死了，這麼早是誰打來的？樸惠菲拿起話筒：「喂？」電話另一端傳來：「我這裡是門房。小姐，您今天早上要到健身房，請小姐十五分鐘後到前門來，我會備好車子。」

嗯。

……腦袋又埋進鵝毛枕頭中。十秒鐘後，她才反應過來。

什麼？健身房？為什麼要去健身房？為什麼要健身？我很健康呀為什麼要健身？是誰說我要健身？不是我，我沒有說。是誰？她一臉不解，將手從溫暖的被單下伸出，拿起電話按下回撥鍵。她並沒有留意到，鏡子裡的她已經胖了一圈。

十五分鐘後，樸惠菲綁著馬尾，穿著運動服和球鞋匆匆地跳上了保母車。迎面而來的是一股淡淡玫瑰花芳香劑香味。保母車裡只有她一個人，燈光昏暗，看不清楚司機的樣貌。「早安！」樸惠菲心情再不好，也不忘要以謙恭待人。這是她從小的家教，就算碰到再不如意的事，也不該拿別人開刀。

「小姐早安。」前座傳來的那聲音，是剛才電話上的聲音。

「請問……我為什麼要上健身房？」樸惠菲慢慢地問道。「聶先生下的指令。所有的資產都必須保持健康。」司機先生口吻很正式地回答。「資產」？我是藝人，可不是誰的資產！不過回過神想想，當時簽下合約時，合約上用的，的確是這個名詞。

「那，我們可以先繞道去買早餐嗎？我還沒有用餐。」她殷切地往前靠攏，問著，擔心司機聽不見。「您可以在健身房那裡用早餐。」司機回。樸惠菲無話可說，只好把身子往椅座上靠，把視線轉向窗外。然後車子就一片死寂了。

「車子窗戶上有掛簾子，但玻璃是透光的，難道不怕狗仔隊偷拍我嗎？」樸惠菲受不了這震耳欲聾的安靜，隨便胡說八道起來。「不怕。小姐您現在還沒有出名到有狗仔想偷拍的程度。」司機的話好犀利！樸惠菲有點生氣了。「小的建議您趁現在還沒大紅特紅的時候，享受一下窗外風光。」司機大概發現剛才的話有點過於坦白，打著圓場。

車子在一棟深灰色的建築物旁停下，健身房到了。司機老先生開啟駕駛座位的門，替樸惠菲拎起運動袋，然後扶她下車。仔細一看，其實這位不苟言笑的「老」先生有很溫和善良的眼神，而且年紀一點也不大，大概四十幾左右而已。那為什麼他說話的語調那麼老氣？還沒來得及找答案，就有一位笑容可掬的女生朝她走來，牽著她的手走進了擺滿了運動器材的健身房。

「歡迎您大駕光臨。您的教練將在十分鐘後與您會合。」女生客氣地告知著。樸惠菲微微地笑了笑，臉馬上就沉了下來。不是因為她傲慢，而是因為她實在沒有力氣了。她已經 11 小時又 13 分鐘沒有進食了。還好這時傳來招待員美妙的聲線說著美妙的一句話：「小姐這是您的早餐，請慢用。」

在身旁的桌上，擺著一杯大約 500 毫升的蛋白質奶昔。

魔鏡魔鏡，誰才是世上最瘦的女人

健身房裡四處都是鏡子。樸惠菲在健碩的教練解說什麼肌肉功能、燃燒卡路里、新陳代謝率的那半小時裡，頻頻偷瞄著鏡中的自己。側面看，身材還行，只是腰部的那一圈贅肉有點明顯，大腿後側有點下垂，但是那顆臉蛋，嘿嘿，還是不錯看的！

「嗯，今天氣色不錯！而且滿瘦的！」她沾沾自喜地欣賞著自己。「真要謝謝媽媽把這麼好的基因傳給我，怎麼吃都不會胖。」想著，肚子開始咕嚕咕嚕叫。那面鏡子趁她沒留意時，描出了她的輪廓，辨認出這就是昨天吃石鍋飯的女生。總機將她的尺寸乘了 1.2，得到的資料在一秒之內就上傳到了整個樓層的鏡子裡。

「終於講完了！謝謝老天！」樸惠菲掙扎著從地上站起來，又照了一下鏡子。這面鏡子有問題！剛才明明側面是很瘦的，怎麼現在正面看起來這麼胖！腰部怎麼現在看起來那麼粗。這鏡子肯定有問題！她假裝著去檢視健身房裡的其他器材，實為去照別的鏡子。

沒有不同。也就是說，自己的確是胖了。

可是怎麼會呢？昨天不是好好的？禮服那麼緊身都擠得下，自己怎麼可能一夜之間就大了兩號？這麼迅速地變胖，醫學上是不可能的。唯一的解釋就是水腫。都還沒來月事，怎麼會水腫呢？一定是昨晚的石鍋飯太鹹了，今天全身細胞都罷工死留著水分不肯放！

原來自己有這種體質，怎麼一直都不知道？現在自己是藝人了，一定要根治這個問題，不然下次又被嚇到怎麼行？樸惠菲在健身房裡繞了一圈，然後心不甘情不願地開嘴問了私人教練：「請問有沒有辦法替我設計有效的健身計畫？最重要的，是要能夠防止水腫的！」

教練笑了笑回答：「消除水腫的方式，就是出汗！運動！」說完，偷偷地向鏡子點了點頭，露出微笑。「你在對誰微笑？」樸惠菲看到教練詭異的動作，突然感到有點慌。她以為外頭有狗仔。「我在對我手臂上的肌肉微笑。」

「為什麼？」她好奇地問。「這算什麼，我每天還要親吻它

們，對它們兩個說話呢，誇獎它們。」教練不以為然地說。

「因為，人必須自戀才會自愛。」

聶先生站在城市另一端的自己豪宅裡，一邊看著監視器裡的樸惠菲，一邊看著鏡子裡頭又高又瘦的自己，得意地哈哈大笑起來。這個女生比想像中還容易說服，未免太容易。

時　間　表

離發片還有一年的時間。簽約時附件中的計畫書上有說，樸惠菲上半年是用來上課還有創作的。但既然她專輯會收錄的大多都是她在網上發表後爆紅，卻未上架的歌曲，她實際上無須創作太多其他的歌曲。這麼一來，她就有多出來的時間上課。充實自己，沒有什麼不好的。況且簽約於大公司的好處就是所有的課程學費都不用自己掏腰包，可以從未來的收入裡面扣。

從健身房回來，感覺全身酥軟酥軟的，骨頭都快散掉了。但不敢坐下，她鼓起勇氣，做了一個深呼吸，縮緊小腹走到衣櫃旁的鏡子前，照了照。臉還是一樣圓，腰和大腿還是一樣粗。健身房的鏡子沒有問題。問題出在自己身上。

可是她並沒有像平時的自己，只要感覺一點辛苦時，就會

搜尋冰箱找東西充飢。這回她僅僅為自己倒了一杯溫開水，緩緩地喝著，邊喝邊蒙起杜絕所有暴飲暴食行為的念頭。一個早上跑步機上所流的汗和淚，可別讓零食裡的澱粉和鹽分給糟蹋了。

中午 12 點 15 分，已經 4 小時 41 分鐘沒有吃了，可怎麼一點飢餓的感覺也沒有？廚房剛巧這時來電，問要吃什麼。樸惠菲客氣地回拒了，說很忙。她乖乖地坐下，想來規劃一下，接下來要如何將這段受訓期的每一天都填滿。

週一至週五，她必須每天於早上 7 點到 8 點鐘練瑜伽，8 到 10 點健身，11 點歌唱課，12 點午休，下午 2 點肢體語言兼表演課，下午 4 至 6 點上舞蹈課，8 至 10 點語文課，週末還要上化妝、媒體應對、按摩和烹飪課，一週下來每天都排得滿滿的，幾乎沒有休息的時間可言。

時間表排好了。嗯，看上去不錯。現在來研究什麼舞蹈對自己有利。尊巴最帶氧，對抵抗水腫最有用；華族舞蹈可加強柔軟度；嘻哈舞則在舞者的力度和協調性上最有幫助；現代舞講究感情抒發……樸惠菲仔細地閱讀著手冊上對每一種舞蹈的描述，慢慢地做了選擇。

伸了伸懶腰，已經下午 5 點鐘了，離上次進食，已經……都不知道幾個鐘頭了。這是樸惠菲十九年以來，頭一次不在意自己多久沒吃東西了。

百分之二十

「晚上9點35分，中藤音樂電視臺。」時間表上這麼寫著。中藤電視臺是一家私人電視臺，收視率不算高，但觀眾都是一些支持好音樂的年輕人，最適合樸惠菲這種受訓當中的新晉歌手亮相，順便試試水溫。

助理在傍晚5點鐘的時候就到了，帶了造型、髮型和化妝師傅，還有三套服裝：一套白色連身短褲，配白色靴子；一套橙色長袖絲質上衣配黑色短裙和高跟鞋；最後一套是黑色西裝。

已經受訓一個多月了的樸惠菲站在房間門口，望著那三套衣服，心情有些複雜。造型師在前幾天就來量尺寸了，邊量邊搖頭，碎碎念說什麼這樣要他怎麼找到好看的衣服，還是什麼的。的確，這三套衣服都不是特別好看。拿起上衣時更是令人感到傷懷。衣領下的標籤寫著「XL」。

她心想，這些名牌衣服到底是怎麼回事？她又不是特別胖，平時頂多也不過穿個「M」，「L」都稱不上，什麼時候變成「XL」？可是她又能如何？只好硬著頭皮試穿著每一件侮辱。

白色連身短褲大小剛好，只是無袖剪裁讓鏡子裡的自己肩膀看上去像橄欖球員的似的。造型師看了看，皺著眉頭做了個手勢，意思是要樸惠菲換下來。她鬆了一口氣，因為那褲子也

未免太短了，看得自己的臉都紅了。橙色的半透明上衣看上去還不錯，問題出在短裙，讓大腿看起來太粗了。沒法子，造型師只好將黑色西裝遞給她，掩住了她看似圓潤的手臂和大腿。

「能不能豎起馬尾，這樣比較帥氣。」樸惠菲見房間裡的氣氛很緊張，想表示親切。但大家都一臉嚴肅的，聚集在一旁商量對策。最後髮型師將樸惠菲的長髮中分，遮住部分的臉頰，化妝師則從顴骨到耳朵之間的皮膚都打上深褐色的粉底。被問及其中原因時，化妝師淡淡地回答道：「因為鏡頭會讓你看起來胖上百分之二十。」

營 養 大 餐

樸惠菲開心地從營養師手裡接過這個星期的菜單。營養師說：「每一頓飯不到 500 卡路里，而且美味又營養！」

星期一、三、五：早餐：1 杯奶昔。

午餐：1 條香蕉、清蒸蔬菜 1 碟、水煮雞肉（去皮）4 片。

晚餐：1 個蕃薯、生吃沙拉、水煮瘦豬肉片 4 塊。

星期二、四、六：

早餐：1 杯奶昔。

午餐：1 個蘋果、清蒸蔬菜 1 碟、清蒸魚片。

晚餐：半碗南瓜粥、蔬菜汁、水煮蛋 2 個。

星期天：

早餐：1 杯奶昔。

午餐：半個葡萄柚、香蕉和雞蛋製成的煎鬆餅。

晚餐：魚片湯 1 碗、清蒸蔬菜 1 碟、半碗白飯。

太好了，這個星期有南瓜和柚子，還可以吃到鬆餅和白飯！

奢 華 的 生 活

　　樸媽媽自樸惠菲小時候，就精心栽培她。而如今除了一個星期一通電話以外，女兒的近況，她都必須從社群網站上獲悉。每一張上傳的照片中她不是在練舞，就是在練歌。惠菲看上去是太瘦了點，她可能真的太忙了。但忙碌歸忙碌，氣色還不錯，算是一件好事吧，她猜。樸媽媽有所不知的是，上傳到網站上的這些照片都是助理拍攝的，而且女兒在拍照前都有化所謂的「裸妝」，但私底下素顏的她究竟是什麼樣子，樸媽媽並不知道。

　　然而無論怎麼說，樸媽媽已經近三個月沒見到女兒了。她

決定向閃爍星集團申請和自己女兒碰面。檔案花了將近 2 個星期才批下來。這天，樸媽媽一大早就上菜市場買了好多新鮮的材料，想為女兒準備一頓好吃的！這張菜單，她精心策劃了好久，也詢問了好多街頭巷尾的阿姨們，才擬定好。

「媽媽！」那位鼠頭鼠腦的助理從自己手裡拎過大包小包，才打開門，就有一個瘦弱的身軀邊叫，邊往自己身上撲了過來。樸媽媽有點訝異。這是誰呀，怎麼抱起來皮包骨的，但聽起來確實是惠菲沒錯。

她握著對方的肩膀仔細地端詳了一番。眼前這個女孩子長得是很像女兒，可是未免太過瘦骨嶙峋了。自己的寶貝怎麼變成這個樣子？樸媽媽眼裡頓然泛起淚光，女兒也未免太辛苦了吧！一顆心好疼好疼的。

樸惠菲牽著媽媽的手往屋內走去。樸媽媽根本無心欣賞女兒住所的布置，只是一心想知道女兒到底怎麼了？心裡有一千個問題卻不知從何問起。是不是病了？還是在刻意減肥？當藝人不能太胖，可是減肥的話，萬一患上厭食症怎麼辦？厭食症會致命，不會是厭食症的對嗎？小孩不懂事，但聶先生絕對不會看著自己的資產自行毀滅的對不對？

「媽媽，請坐。」母女倆在真皮沙發上坐下。「很軟很滑對不對？」樸惠菲等這天很久了。她希望媽媽知道自己過的是什麼樣奢華的好日子。助理在一旁站著，樸媽媽不好意思當著外人的

面問女兒體重的事，只好匆匆地站起來，從助理手裡拿過幾個
塑膠購物袋放在餐桌上。

「媽媽給你煮好吃的來了。你這位同事，也一起過來吃吧。」
說著就把袋子裡一個個的飯盒、鍋子拿出來放在桌上。才開啟
蓋子，助理的眼睛就睜得大大的。會不會太香了點？他看著桌
上的炸雞、燉湯、餃子，忍不住猛吞著口水，卻又一動也不敢
動。老闆沒說開動，他豈敢輕舉妄動呢？

「寶貝，快過來，趁熱吃！」樸媽媽伸出手，用一雙筷子夾
了一個餃子塞進樸惠菲嘴裡。她閃躲不及，反射性地咀嚼了幾
下。看母親轉過身想再為她盛一碗湯的同時，樸惠菲趁機說：
「我去洗個手就來。」說完就匆匆地跑進了廁所。公寓很小，廁
所傳來的嘔吐聲瞞也瞞不過。

真 的 假 想

「惠菲，你這是怎麼了？」樸媽媽緊張地將孩子緊擁入懷。
助理不識趣地跟在後面，視線沒有離開過母女倆。因為擔心訪
客儘管已經交出手機或其他錄影配備，仍會趁他不注意錄下或
拍下任何對公司不利的影片或照片。樸惠菲搖搖頭說沒事。可
能之前吃錯了東西，消化不良。

「你是不是在減肥？」樸媽媽開門見山問道，寶貝有可能患上飲食失調症。這是這個年齡的少女很容易患上的病症，更糟的是沒得病的女生們認為患上這種疾病很時髦，因此很多時候是把自己逼得生病的。

「對不起太太，樸小姐不能回答您的問題。」助理彎著腰，伸出手掌擋在樸惠菲的面前，想遏止這個交流。「我是她媽媽，為什麼不能回答我？」樸媽媽凶神惡煞地盯著助理。

「媽，別為難他了。我跟你說。我沒有刻意減肥。不過我這樣的體型，在這一行裡，是太胖了點。」樸惠菲溫和地說著。「胖？你哪裡胖？」母親氣憤地問，眼珠子不斷地打量著自己的女兒。「我的寶貝現在看起來，至少瘦了十公斤以上，誰說她胖，是腦子，還是眼睛有問題？」

樸惠菲看見母親生氣的樣子趕忙撒了撒嬌：「媽，您今天是來看我的，還是來惹自己生氣的？別浪費時間了啦。」說著，眼睛又瞄向母親身後的鏡子。哎，那張臉怎麼還是那麼大？

「不行，今天不說清楚，我就找你老闆談去。他要是不答應，哪怕我就是傾家蕩產也要把你贖回來。」中年婦人生起氣來，倒也挺可怕的。助理這時已經嚇得閃到一邊去了，不敢再插嘴。

「媽，我來這裡之後，真的胖了。減肥是理所當然的。」樸惠菲誠懇地解釋。「這麼瘦還減什麼肥？誰說你肥的？」母親顯然還沒氣消。

「鏡子說的。」樸惠菲邊說，眼睛邊盯著鏡子。手臂還是粗。

「體重呢？」樸媽媽問。「上次體檢時 56 公斤，現在呢？ 45 有沒有？」

「我們公司的醫生說，身體的狀況不能憑體重來鑑定，不要相信機器，最重要的是每天感覺良好，自己看上去好，就好了。」樸惠菲一五一十地將醫生的話講述給母親聽。她打從心裡慶幸公寓裡沒有體重計，不然自己將會更難過。

「你看，我有腹肌喔。」她將上衣掀起，想讓母親看到自己努力的成果。「我的腿看起來也有瘦一點。教練說這是因為肌肉結實了，脂肪自然會燃燒很快。」樸媽媽望著女兒的軀幹，哪裡有腹肌，排骨兩排倒是很明顯。她心裡後悔極了。當初要不是她鼓勵女兒發明星夢，要不是她讓女兒學各種樂器，以為這樣會改善兩人日後的生活，女兒也就用不著受這麼多苦。想著想著，眼淚就從眼眶裡摔了出來。

假 的 真 相

母女倆不歡而散。母親的不諒解，令樸惠菲無比地難過。可是她忍住了這個情緒不讓它爆發，也不讓它影響到自己安排好的忙碌生活，因為再過兩個月她就必須進入錄音室錄製唱

片,隨之而來的便是一連串的拍攝工作。時間不多,她實在不敢怠慢。

樸惠菲還是不敢觀看那次上中藤音樂電視臺的片段。她知道自己唱得很好,但想到自己龐大的臉孔和圓潤的身材,她就又把筆記電腦蓋上。

「百分之二十,因為鏡頭會讓你看起來胖上百分之二十!」這句話深深地烙印在她的腦海裡。如今鏡子裡的自己看上去已經恢復到簽約前的樣子,那就必須再瘦個百分之二十,上鏡時才會好看。想到這裡,她就把吃到一半的南瓜粥倒掉了。

她心裡暗暗有個期盼,就是自己能有一天站在鏡子前喊道:「魔鏡魔鏡,誰才是世上最瘦的女人?」而鏡子的回答是:「你。」

於是,晚上九點半,她打了個電話給司機,告訴他她想到健身房一趟。

不 要 相 信 你 的 眼 睛

魔鬼訓練進入第六個月,樸惠菲的體重大概剩下 42 公斤左右,只是她不知道而已。這時她開始發現自己有掉頭髮的跡

象，失眠的現象，而且每個月的月事，也不來了。雖然她有一點小擔心，但整體來說，她是開心的。頭皮上的圓形禿不是大問題，髮型師只需加塊髮片就能輕易瞞過，失眠就表示有更多的時間能寫歌。最重要的是，沒有月事，就不會水腫，更不怕在穿戴借來的服裝時戰戰兢兢的。

尤其是在拍攝快歌 MV 時，可以活動自如。但或許每天攝取的熱量不足以應付工作量高的拍攝，她每拍十分鐘就必須停下來休息。可是剪接師的功夫了得，即使樸惠菲跳得不是很好，但拼拼湊湊起來，她在舞曲 MV 裡的舞技看起來還算高超。當然觀眾的眼睛還是很好騙的。

樸惠菲每天看著鏡子裡的自己，怎麼還是沒有開始漂亮起來？下巴沒有變尖，腰圍也沒有很大的變化，造型師對自己的態度沒有改進，借來的衣服尺寸也沒有掉一號。於是每天照著鏡子的她，開始覺得氣餒，漸漸地陷入憂鬱。

「唱得太有感覺了！」配唱老師在錄音室裡手舞足蹈著。樸惠菲把這首哀傷抒情歌曲裡所需的傷感、不確定和脆弱感發揮得淋漓盡致。配唱老師才開啟錄音間的門，就發現樸惠菲昏倒在地上。

隔天的報章上登出一則八卦新聞：「新人樸惠菲回憶當初分手時，傷心至極哭昏錄音室。」

「不要相信你的眼睛。」樸惠菲對電話另一端的母親說。

好 的 惡 評

　　簽約一年後，首波勵志單曲終於要推出了。快歌的 MV 和造型照一出來，便惹來各界的異議。之前那個大家推崇的健康、活潑又有點肉肉的樸惠菲，怎麼變成了病殃殃的紙片人？有些樂迷懷疑她吸毒，有些則在猜她是不是病了，更多人表示厭煩，因為單曲的內容講究「接受自己，才能愛別人」，可是她減肥減成這個樣子，明顯的就是不接受自己原本的體型。原來樸惠菲只是一個說一套做一套的偽君子。

　　從前大家喜歡她，正是因為她無畏、自然，從不為誰而改變自己。如今簽進了國際公司，被同化了，被聶岱塑造成了任何一個天天在電視上都看得到的明星。樸惠菲，失去了原本的特質。

　　社群網站上，影片留言中，惡評如潮。樸惠菲的粉絲人數，還有閃爍星集團的支持率都急速下降，聶岱知道自己失策了，趕緊封鎖了網路訊息，不想讓樸惠菲知道這件事。他同時打了一個長途電話給遠在美國的太太，詢問他接下來應該運用什麼應對措施。

　　「你是不是又在鏡子上動了手腳？」聶太太直截了當地問。

　　「你……怎麼知道？」他驚奇地問。這祕密除了製造商之

外，他沒有告訴別人。「我見過在鏡子裡的你，很高很瘦的。可是我清楚我嫁的人長的不是這樣子。」太太笑著回答，卻又馬上沉下聲調責問此刻六神無主的老公：「你為什麼要這麼做？為什麼要騙他們一個個？」

「我要他們的減肥計畫出自於自己的意願，而不是我。這樣既不會牽涉法律問題，也比較奏效。」閃爍星集團旗下的一個個藝人，都是因為不喜歡鏡子裡自己的體型，自動節食的。他無須出面督促或遊說，效果就比想像中的還好。

「你看樸惠菲，她不就在半年裡瘦了 16 公斤嗎？」聶先生口吻中有點沾沾自喜。「16 公斤，那她現在幾公斤？多高？」聶太太問。「40 公斤，167 公分。醫生說的。」聶岱還不知道事態的嚴重性。樸惠菲顯然病了。

「其實我也沒有真的做什麼犯法的事。我只在開始的時候調整了鏡子的曲面，讓她看起來胖個百分之二十而已。之後是她看自己不順眼才繼續節食的。」的確，鏡子在樸惠菲瘦到 47 公斤時就已經停止操作，減肥上了癮的她視覺已經受到扭曲，就算鏡中的她瘦骨如柴，眼睛傳到大腦的訊息，依然是自己肥胖的樣子。

聶岱越想撇清一切責任，越引發太太的反感。最後，她下了一道命令打斷：「你將人家推進厭食症這個病症，就得馬上帶她去看醫生，然後送她回家。而且醫藥費你出！」太座發火了，聶岱只好乖乖就緒。

娛樂圈、政治圈、任何品牌，往往最憎恨的就是那些躲在電腦螢幕後面的匿名武士們毫無忌憚、口不遮攔的惡評。可是這回，他們拯救了一個十九歲女生的性命。

因 禍 得 福

樸惠菲在醫院裡待了兩個月才獲准出院。在樸媽媽細心照顧下，她漸漸恢復了健康。可是她因為身體的內分泌系統暫時失調，所以體重反彈。因為合約，加上聶太太的關係，閃爍星集團硬著頭皮替樸惠菲發了完整的一張專輯，只是在宣傳預算數字上，減了一個「0」，甚至連記者會都沒辦一場。聶岱的藉口是怕樸惠菲太累，其實大家心裡有數，他並不想大家看到他旗下有一個胖藝人。

可是正因為樸惠菲外型忽瘦忽胖，媒體不禁對她產生很大的興趣。普羅大眾也因為目睹一個年輕女孩為飲食失調掙扎的過程，感覺到她有血有肉，更是對她的好感倍增。閃爍星集團越是不願花錢替她打歌，大家就越呼籲自己的親友購買專輯，或到表演場地支持她。結果專輯再版了又再版，樸惠菲一下子就將她欠閃爍星集團的預付給還清了。還清預付，人也就恢復自由身了。

　　至於鏡子，聶太太將老公家裡的鏡子調回原本的平面後，將電腦裡的程式給刪除，好讓他回家以後，能夠看清楚自己真正醜陋的樣子。

　　每天早上起床後，望著鏡子裡的自己，聶岱再也沒有信心出去泡妞了。反之，他看著自己這隻癩蛤蟆，再看看身旁依然美麗動人的妻子，居然願意為這樣的自己留下來！感恩之情油然而生。這，據聶太太所言，比離婚，還要過癮。

作 者 注 解

　　寫這篇小說《魔鏡魔鏡》的真正起因，其實很膚淺。

　　我喜歡光顧某一些服裝店，不但是因為它們販售的服飾好看，而是因為它們更衣室裡的鏡子照起來讓我看起來比較纖瘦。

　　這應該是巧合，鏡子的製造過程難免有些品質上的差異。但我覺得刻意打造令人照起來比較瘦的鏡子，絕對是有可能的事情。哈哈鏡不就是利用曲面鏡的原理嗎？如果訂造得成，這種鏡子一定會大受服裝店的歡迎，因為當試裝的顧客看到鏡中苗條的自己，會以為是服裝製造出來的假想，自然就會買下商店的物品。

　　人類對自己的信心，對自己的評價，總是得依賴著別人的眼光和鏡子的反映，其實真的不一定是我們想像中那麼準確，當你說愛自己時，究竟你指的是站在鏡子前的你，還是站在鏡子裡的自己？

我

蔡依林 _ 詞　小寒 _ 詞　蔡健雅 _ 曲
2012 年

當退去光鮮外表，當我卸下睫毛膏；
脫掉高跟鞋的腳，是否還能站得高？
當一天掌聲變少，可還有人對我笑？
停下歌聲和舞蹈，我是否重要？

我鏡子裡的她，好陌生的臉頰，
哪個我是真，哪個是假，
我用別人的愛定義存在，怕生命空白，
卻忘了該不該讓夢掩蓋當年那女孩。
假如你看見我，這樣的我，

膽怯又軟弱，

會閃躲，還是說，你更愛我？

當一天舞臺變小，還有誰把我看到，

莫非是我不夠好，誰會來擁抱？

我怕沒有人愛，不算存在，生命剩空白，

卻忘了我應該誠實對待當年那女孩。

假如你看見我，這樣的我，

窩在個角落，

會閃躲，還是說，你更愛我？

會閃躲　還是說　你更愛我

靈魂半侶

靈魂

什麼是靈魂？靈魂是附於人的軀體上，作為主宰精神或心意的一種非物質的靈體。以前我也不相信「靈魂」這回事，更何況是以下的廢話：

「我愛你，不是因為你的身，是因為你的魂。」

「我會愛她，因為她的靈魂。」

「而我會愛她的靈魂，是因為那是你的靈魂。」

我心愛的人對我這麼說。但以上幾句話並非抄襲於情歌寫詞人的字句。是我們的親身經歷。

地球兩端兩個很像的人

莎莉寫說，昨晚夢到自己到一個很高的地方欣賞城市夜景。我笑了笑，在回她的訊息時告訴她：「真巧，我昨天剛和一群老同學在山頂喝啤酒！」或許這叫心有靈犀，好朋友總會互傳意念。更何況是兩個除了外表以外，很像很像的人。

我們對飼養寵物擁有同一個想法，認為動物應該在野生的

環境中自由地生長、漫遊，而不是以單數的姿態，被自以為高尚的人類關在幾十坪的鋼骨水泥盒子裡豢養。它們被人類奪走自由，還視主人為恩人，任由他決定三餐，任由他決定自己該不該延續後代。

很少洋人不養寵物的，這點她像華人；而很少亞洲人對「動物權利」持有那麼強烈的觀點的，這點我像西方人。

我們有相同的興趣，那就是看冷門電影。我們都喜歡冷門電影製片選擇雇用默默無名演員的做法，和跳脫經典好萊塢橋段的敘述方式，因為這樣觀眾才會把焦點放在人物的對白、動作上，能更投入於故事的起承轉合。故事情節和導演使用的拍攝手法，都是我們兩人在看電影時較為重視的。我們都是同一個網上冷門電影論壇的會員，是我們在最近電郵來往中發現的。她介紹過的電影，我大多都看過，而我看過的，她則說看的時候有種似曾相識的感覺。

很難相信，一個常年居住在新馬地區的我，和從沒離開過紐約的她，這兩個身處於地球兩端的人，能夠這麼相似。我們連吃漢堡、削蘋果、看書時喜歡把書籤平衡在耳朵上的動作，都一模一樣。最近我也聽說了，她和我連睡覺前要喝半杯溫牛奶的習慣都一樣。真的有太多地方相似了，包括愛上同一個男人，並接受他給自己的愛。

喔，差點忘了跟大家介紹，大家見過莎莉。她來自美國，

金髮碧眼，176 公分，是我前任男友的現任女友。

情 感 轉 移

　　我這麼說會顯得有點自大。要不是莎莉跟我太像了，我這位草食男前男友阿彪，又怎麼會和剛認識的女生戀愛？不是因為莎莉長得不漂亮（不過她確實不算國色天香，外表只屬中等而已），而是因為兩人文化背景大不相同，交往起來會很辛苦。況且，阿彪是個從小就在村落裡長大的獨生子，父母受華人教育，更是出了名的老古董，阿彪怎麼逆著他們的意願跟一個洋婆子交往？

　　所以我堅決認為，這叫「情感轉移」。

　　失去了我的依靠，阿彪一顆心一定會漂浮、晃動個不停，找地方依附。要是在這個時候剛巧找到一個和我相似，或令他想起我的人的時候，管對方外表長個什麼樣，他都會愛上她的。我斷定，他愛的不是她，而是從她身上感覺到的我。

　　再說，失戀後會這麼快重新愛上另一個人，不太像是阿彪的作風。我跟他也是認識兩年後才開始約會的。上次，他花了兩年的時間才對舊情人忘懷。這次卻只花了兩個月？絕不是因為莎莉比我強，比我善解人意，而是因為人都是習慣性動物。

特別是阿彪這種草食男。

　　一旦一件事情跳脫常態時，他不免會覺得不舒服。話說回來，我們不都是？不信，試試看用左手握茶杯；不信，請你的情人換個方式稱呼你。你感覺怎麼樣？再恢復用右手握杯，再聽聽情人用熟悉的名稱喚你，是否頓然一陣釋然？是吧。這就叫：習慣。

　　畢竟我們在一起六年半，幾乎每天都在同步做同一件事。為了打拚，為了公司業務，我們在攝影工作室的樓上租了一間小公寓，一同生活，一同工作，一同吃飯，他是攝影師，我是他的助理。我們是男女朋友。

另 一 半

　　雅典哲學家柏拉圖（Plato）說，人最初是球形的，有圓圓的背、四隻手四隻腳，還有兩張長得一模一樣的臉，分別朝著不同方向。為了避免這種體力和精力非常強大的「陰陽人」向眾神圖謀造反，宙斯想出了一個方法，把「陰陽人」截成兩半，除了能削弱它們的力量，還能使侍奉神明的人類數目加倍。

　　被截開的人，變成了兩個一半，一個半是女人，一個半是男人，一半擁有兩隻手，兩隻腳，在地球上分開地活著。雖然能

存活著，但不免會時刻想念著生命中原本屬於自己的另一半，若不還原到原始的整一狀態，就永遠感覺不完整。

我相信我就是阿彪生命中一直缺少的那個另一半。他堅持求真務實是好的，但他容易悲觀、缺乏自信心，我樂觀剛好是他的推動力；我太過好動，喜歡戶外，要不是他的宅男特質，我也不會開始了解家庭的重要。

阿彪對攝影的熱衷在認識我之前，只停留在技術上面，是我讓他開始對世界的各種細節產生好奇，產生好感的。這，在他近年的作品裡顯而易見。而我，如果沒有他，就只是一個喜歡到處亂逛、嬉鬧的女生，定不下心來認真做好任何 一件事情。他讓我腦海裡的點子概念化，讓我們的概念實體化。

我們是很好的團隊，我們是一體的，是柏拉圖故事中原本黏在一起的「陰陽人」，有互補的作用，在一起，力大無窮，分開時，就覺得丟失過什麼似的，一生都不完整。

還有另一個說法，就是大家比較熟悉的那一個：《聖經》(Bible) 上說，上帝為了不想伊甸園的亞當太孤單，想給他一個配偶，就趁他熟睡時取下他一根肋骨，創造了一個女人。亞當少了的一根肋骨，給了女人。從此以後男人就必須花一輩子的時間來尋獲那位「合身」的女人。對的女人才能完整了男人。

我也相信我是阿彪的夏娃，有了我，他生命就變得更完整，更快樂無憂。少了我，他呼吸必定會感覺不順暢。如今我

將自己從他胸口撤離，他將會感受到一種傷口被撕裂，血淋淋的痛楚。

當初，我就是要這麼懲罰他的，好讓他後悔曾經對我做過的一切，讓心痛在他沒有我的日子裡，不斷地提醒他有多麼需要我。

儘管，我也極度需要他，我的另一半，我的靈魂夥伴。

通 行 證

「怎麼可能？」我懷疑我的眼睛背叛了我。阿彪的社群媒體上，出現了一張洋妞跟他的合照，照片旁還寫著：「我真不敢相信，我又再度相信了世上有靈魂夥伴的存在！」

我揉了揉雙眼。沒錯，這是我的阿彪跟一個陌生女子一起拍的照片。照片旁還簡略地寫了兩人的相遇過程，什麼為了買乾電池，到地下鐵旁的花店去問路，一拍即合還是不知什麼的。我幾乎無法看完所有的描述。因為我的視線被不爭氣的淚腺陷害了。

什麼靈魂夥伴，什麼合照，我們分開還不到三個月，他就交女朋友了？他當我死了還是瞎了？我想拿起我的電話傳簡訊

給他，可是現在是美國凌晨三點鐘。況且，我憑什麼？

是我主動提出分手的。因為他在精神上背叛了我。他那天喝多了，雖在行為上是沒有做出什麼出軌的動作，但一個有了未婚妻的男人能夠允許自己在風月場所喝醉，讓自己完全失去抵抗誘惑的能力，也等於是一種陷我於不義的行為。

我暫時不能正眼看他，我離開了，甚至辭去了我的工作，讓我們倆辛苦建立起來的公司暫時休業，搬回我爸媽家住。聽說，阿彪在這裡也待不下去了，痛不欲生。於是在休業的幾個星期內，他自行買了一張前往美國的機票，簡單地用簡訊交代了一聲，說是去為我們的照片庫拍攝一些街景存檔。我淡淡地回他：「我不是你的誰，你愛怎樣就怎樣吧。」

誰知原來我最後一則的簡訊成了他投向別人懷抱的通行證。他當真了。我無語了。

自 我 介 紹

頭兩天裡，我不眠不休，瘋狂地在阿彪網友群裡，搜尋這個女生的蹤影。她究竟是誰？她是誰的朋友？真的是偶遇？還是誰介紹他們認識的？怎麼認識的？他們現在處於感情的什麼階段？

我仔細地研究著那張合照，想從背景找出一些蛛絲馬跡。他們拍照的地點是一個十字路口，四周的高樓聳立。我憑著建築物上和路邊的霓虹廣告牌，一點一點地搜查他們去的是什麼廣場，憑著他們身上的穿著與攜帶的物品去猜測兩人當天在那裡做什麼？終於讓我證實到那是著名的時代廣場，那個自從我陪阿彪觀看了湯姆‧克魯斯（Tom Cruise）主演的《香草天空》（*Vanilla Sky*）之後，說好要一起，卻一直沒有機會去的時代廣場！如今我心愛的人去過了，但身旁的人卻不是我。

我明明是打翻了的醋罈子，卻比較像打翻了油罈子，易燃物怒火狂燒。我幾乎無法克制自己向四周的朋友打聽這個女人身分的欲望，乘坐飛機去紐約阻止他們在一起的念頭也蠢蠢欲動。但這些我都沒有做，我不要表現得我好像輸不起，放不下一樣。

為了維持我美好的形象，我決定我必須沉默下去。沉默就表示我可能被背叛了卻還被矇在鼓裡，沉默就表示我被傷得無法對誰提起這件事，沉默也極可能表示我的成全。沉默就是受害者最大的武器，能讓朋友們都站到我這邊來，優雅又有效。

可是我並非不著急，每隔兩分鐘就重新整理我的版面，看看阿彪有沒有上傳新的照片，新的照片裡有沒有貼上標籤。貼上標籤的話我就可以知道她是誰了。我要知道她是誰！我要知道她有什麼本事，用什麼特異功能把我的阿彪引誘上鉤的？我

要知道她有什麼能耐取代我？絕對不是美色，我確定。但我更確定，我快要瘋了。

我不想父母看到我憔悴的模樣，只好將自己反鎖在房裡。我無法逼自己從事別的事情，或想別的事情。除了上網檢視阿彪的近況，我沒有別的欲望。這是不健康的。第三天我終於決定不再自作虐，按兵不動。於是坐在螢幕前的我，將雙手交叉在胸口，強忍著觸碰電腦鍵盤的欲望。冷靜，我告訴自己，一切都會過去的。

到了午夜，我哭累了。不知不覺，我又在電腦前睡了一個晚上。早上母親來敲門，我才猛然醒過來。我甩了甩麻痺的雙手，終於忍不住又開啟了電腦螢幕。

社群網站的私訊信箱有三則簡訊。

「你好，我叫莎莉。」我開啟最底邊的那一封。又是誰來推銷美容用品？

叫 情 敵 的 好 友

正想關機，我瞥見了私訊附件中有那張該死的合照。「不好意思，冒昧來信。不知為什麼，我能感應你的心情低落，所以

覺得有必要跟你解釋一切。」洋妞用英文這麼寫道。「我是從阿彪那裡找到你的。」我再仔細看了影像。沒錯，就是她。就是她搶走了我的阿彪。

我簡直不敢相信我的眼睛。介入別人戀情還好意思主動去聯繫當事人？天啊，這樣婆子還真厚顏無恥！

「我不奢求你的祝福，但希望能得到你的諒解。更希望能和你做朋友，阿彪說我們兩個很像，應該會很合得來。」莎莉在下一封私訊中寫著。

分明是來挑起戰爭的！可是我這人就是有一個缺點，越生氣，越說不出話，不知所措的我只好隨手點選下一封私訊來讀，看看是否能到時想出個所以然。

它裡頭寫滿了中文字：「分手已經那麼痛，何苦思念來加重。」是阿彪用她的帳號對我說的。我再讀了一遍，心軟了。這個男生，說起情話來，總是那麼動人。「我能了解，你絕對有權利不想跟我在一起。可是我還是希望我的生命裡還有你。我們當不成情人，但願你還願意嘗試和我繼續做朋友。」

看到這裡，我眼淚奪眶而出了。她讓他用她的帳號用她看不懂的語言寫信給前女友，這種信任度之高，暗示兩人已經到了靈魂夥伴的階段了。事實擺在眼前，我應該怎麼辦？我用食指和拇指用力地捏著自己手臂的皮膚，捏著皮膚都起了一處紅腫，痛得我瞇起了雙眼。「趕快醒來。拜託趕快醒過來。」我心

急地祈求著。多麼希望這不是真的,是一場夢。可惜不是。我睜開眼睛,映入眼簾的,還是那幾封從莎莉帳號寄來的私訊。

做朋友,跟阿彪還可能,畢竟我們自小就是好朋友。愛情不在了,但從前就存在的友誼,也不是一朝一夕,在說分手時就一筆勾銷的。

可是我決不可能跟我的情敵做朋友。

忍不住的喜歡

莎莉,莎莉。人如其名,像一顆沙粒,突然出現,害我的眼睛不斷地流眼淚。我真的很想恨她,想用食指和拇指彈掉這顆刮花了我和阿彪感情的沙粒。

可是我最終沒有。

接下來的幾天,莎莉開始很頻繁地寫私訊給我,語調誠懇。我猜想,他們採取的一定是所謂的反抗心理術,以為越對我表示友善,我就會越疏遠阿彪?一定是。

「嗨,你好。你好不好?」我一大早開啟社群網站就看到幾個英文字。看時間,應該是她在臨睡前寫的。「你想怎樣?」我負氣地打了四個中文字,邊打,邊噘起嘴。「你想怎樣?」這句

話，正是我跟阿彪鬥嘴時快要輸掉了的時候，用來取得最終勝利的武器。回想起那個情景，我不禁有股想笑的衝動。

莎莉沒有回信。

到了晚上，也就是紐約的早上，私訊箱裡終於有新的訊息。莎莉用英文寫著：「我沒有想怎樣，只是希望我們兩個可以成為好朋友。」

「不可能。」我回了簡單的三個中文字。

她沒有死心，回了：「我尊重你今天的想法。阿彪說，我明天應該再試試看。而我會的。」

阿彪提議她再試試，因為這就是阿彪的個性，對決定了的事，堅持搏鬥到底。我猜，這也是當初我喜歡阿彪的原因之一。可是這一回，為何他沒有為了我們之間堅持搏鬥到底呢？是我不值得，還是錯得離譜？我鼻子一陣酸，抱著枕頭哭著睡著了。

接下來的一個星期，我每天睡醒一定會收到莎莉晚上臨睡前給我寫的私訊。她一睡醒也會檢視我是否有回信。久而久之，她不再問我心情如何了，反之，字句之間盡是她每天的生活、對某些時事的觀點，還有一些有趣的知識。不知是因為時間能稀釋一個人的痛覺，還是莎莉真的很有趣，潛意識，我竟然有些喜歡她這個女生了。

你的生活是我的夢

終於忍不住了，我開始回應她接下來的每一封私訊。起初，我的答覆都很簡短，譬如一個「:)」，漸漸地，我開始輸入一些字了。第三個星期，我們已經將對話從社群網站轉移到了電郵，那裡空間比較大，也不會受到干擾。

我們每天一早一晚地來回來信，互相都有一種似曾相識的感覺。與其說是心有靈犀一點通，是失散了的姐妹，不如說我們相似的程度，更像是在跟自己對話，儘管我們外表、聲音、生活環境非常不一樣。

我們做夢的體驗更是詭異到一個令人毛骨悚然的程度。莎莉今早寫道，她夢到自己穿著人字拖鞋在一個長滿刺刺野草的樹林走著，手上還拎著一個塑膠袋。我讀了，全身的雞皮疙瘩掉了一地。因為，昨天下午，我照母親的吩咐去買小蘇打，可是眼看滾軸狀的積雨雲將天空的半邊臉給遮掉了，自己身上又沒帶傘，我決定抄捷徑到雜貨店去，快去快回。而那所謂的捷徑就是連接我們家和市中心，長滿了貓尾草的小樹林。

我並沒有打算將這件事告訴莎莉，因為這很可能是個湊巧。可是後來聽說我晚上夢裡到過一家二手商店，而阿彪也出現在我夢境中時，莎莉嚇了一跳。她說，因為我在前一天傍

晚，在紐約的她的確帶著阿彪到一家二手店去購買便宜的攝影器材。她形容了一下二手店裡的布置擺設和販售的商品，也確實跟我夢見的，完全一樣。

於是莎莉和我開始覺得，事情不是想像中那麼簡單。我們兩個之間一定有什麼特別關聯，一種只屬於我們兩個人的關聯。那個關聯，就叫作「靈魂」。

試 驗

這不叫「情感轉移」。這是一個男人愛上同一個靈魂的故事。

我們都無法解釋為何莎莉和我，除了外在以外，性格、處事方針，表情，尤其是連眼神都特別相似。不，應該說是一模一樣。難怪阿彪對莎莉有一種一見如故的親切感。因為他在她身上感覺得到我。

為了證實居住在紐約的莎莉，和身處於新加坡的我，都只是一個靈魂分布在地球兩端的寄主，我們進行了一個艱巨的試驗。我們擬了兩個表格，一個寫下自己的喜好，比如喝的湯的溫度；討厭的人事物等等。另一個表格則很消耗時間，因為不包括標題，總共有 288 行，代表著每一天的每五分鐘。我們必

須在隨性地生活著的同時，按照每一行，將自己的動作、突然
冒起的念頭、說的話等等紀錄下來。這項計畫必須進行一個月。

　　阿彪也有自己的一份。那就是他對我們各自的印象，還有
我們給他的感覺。雖然他的圖表欄目最少，但男生就是男生，
對這種瑣事覺得煩，更是認為我們「一個靈魂兩個寄主」的論調
過於滑稽，還建議我們去找個靈媒來做什麼招魂。結果都被莎
莉和我狠狠地駁斥了。據說，我們倆用的字眼都是：「無聊！要
去你自己去！」

　　為了讓這試驗更有準確性，莎莉和我還將表格交給了我們
各自的 一位朋友，用賄賂的方式說服她們也參與。結果，一個
月下來，兩位友人各自在表格上填上 288 欄的專案，和我們倆
的大不相同，相似的地方不超過百分之十二。

　　莎莉和我的表格，有高達百分之六十一的相似度。最大的
差異來自於兩處：一，當我們跟別人在一起時，那段時間裡，
我們比較難控制我們自己的思維與行動；二，睡著時，很多時
候睡醒時就已把夢境忘得一乾二淨了。刪除那些「無夢」的夜
晚，整理過的資料顯示，莎莉和我有百分之 83.1736 相同。

Déjà vu

　　天下間怎會有兩個不相關的人的性格、感覺如此相近？除非他們⋯⋯我們瞬間下了結論，存在我和莎莉體內的，是同一個靈魂。

　　但不是如阿里斯托（Aristo）所說的：「愛，就是一個靈魂同時居住於兩個軀體」的那樣。

　　我們證實了我倆的假設：我們兩個都只是肉身，會吃喝拉撒，會動、會發出聲響，但都是沒有意義或動機的動作。讓我們肉身成為有靈氣的「人」的，是靈魂。真的就是靈魂。

　　靈魂在一個時間裡只會在一個軀體裡。它會在我睡著時，寄宿在莎莉的體內，讓她在紐約白天的時間過著她的日常生活。等到她睡著時，靈魂才會又進入我的體內，主宰我在亞洲這裡的生活。這叫「靈魂漫遊」。

　　這個靈魂棲身一個軀體，陪著寄主渡過一天的生活之後，帶著滿身的回憶離開，在第二個寄主快要睡醒的那一刻，進入他的軀體時，不小心連與第一個寄主製造的回憶也注入。否則如何解釋我們其中一人在做的事情，成為另一個人所記得的夢境？

　　這個靈魂有它自己的記憶、偏好、習慣、脾氣、思考模式。否則如何解釋從未踏出過美國的莎莉，對於阿彪烹煮的亞

洲食物感到如此熟悉？好像哪裡吃過似的。如何解釋從未去過美國的我，在多年後到紐約旅遊時，為何去到哪裡都有那種無法言喻的熟悉感，好像我一輩子都在這裡度過一樣。

這個靈魂決定了我們的性格、氣質、眼神、笑容、理想。否則如何解釋莎莉和阿彪這兩個素不相識的人會這麼一見如故？

法語有一個名詞：déjà vu，也叫 Paramnésie，中文譯名被稱為「幻覺記憶」，指人類在清醒的狀態下第一次碰到某個場景時，那種「似曾相識」的感覺。有人說是因為壓力導致大腦記憶出現短暫的混亂，把感官剛輸入的訊息錯當成早已儲存的回憶。如今我傾向於將這種現象當作「靈魂漫遊」的證明。

我們相信世上其他人類也一樣，兩個在不同時區，相差 12 小時的人，最有可能共用一個靈魂，而且各用 12 小時。譬如身在東京的上班族，靈魂的另一個寄主，很有可能是一個在巴西街頭踢足球的少年；另一個靈魂則有可能來回非洲肯雅和美國阿拉斯加。

不必睡眠的靈魂，可以 24 小時不停地工作，12 小時這，12 小時那，寄宿在人類的身體裡，給予它靈性、思想。至於它是如何如此快速抵達地球另一面的，則無人知曉。我猜，靈魂又不是肉體，應該不受時間還有空間的限制，未必會遵守這個宇宙運作方式。

　　嗯，12 小時這，12 小時那。要是我出發到另外一個時區去，比如去美國找莎莉，那我們的靈魂要如何同時附在兩個人身上？或許，靈魂這時還是會選擇在莎莉軀體裡，而我沒有靈魂的身體，這時將會承受一種昏昏沉沉，無法思考、有些迷失的感受。這感覺就叫「時差」。

我 的 另 一 個 另 一 半

　　聽說，浮游在地球上的靈魂，數量是一定的。隨著世界人口激增，靈魂早已供不應求。更何況近年來，出賣靈魂的人類越來越多，導致如今靈魂對人類的比例是 1 比 2。兩個軀體必須共用一個。

　　我和莎莉共用一個。

　　也就是說，阿彪也有一個跟他共用同一個靈魂的人。

　　當初就覺得，阿彪和我之間的愛超越肉身，我們擁有的，是精神戀愛。想到這裡，我突然快樂起來，無比地快樂起來！既然我愛的是靈魂，不是寄主。那得不到阿彪的人，也沒關係，讓給莎莉也沒關係。我只需找出阿彪的靈魂的另外一個寄主就行了！

這可算是人生給了我的第二個機會。我應該好好把握才行！

人海茫茫，要怎麼找呢？我不怕。因為如果連阿彪這種傻乎乎的男生都能從七十億人口中碰到，並愛上擁有同樣靈魂的我們兩個人，那麼我這麼精明，肯定也找得到。

於是，我開始上網找尋格林威治時間 GMT-04：00 的時區，有古巴哈瓦那、美國印地安納洲、奧蘭多……看來我要開始漫遊世界了，尤其是這幾個地區。

說不定，在不久的將來，我會遇見愛，那個和阿彪相同的靈魂。嗯。

作者注解

我每天晚上都會做夢，夢境的內容也常常重複，不禁懷疑自己是否曾經造訪過那些地方，或經歷過那些事情。

我也常常在不同的城市裡碰到兩個表情相似、個性相同的人，不禁懷疑他們倆是否擁有同一個靈魂。

於是我突發奇想，想透過《靈魂半侶》嘗試向自己解釋這種「似曾相識」的感覺。或許，在人性嚴重頹廢，出賣靈魂的情況下，地球上的靈魂所剩無幾，必須被兩個人共用。

　　如今我最感興趣的，不是找到那個跟我合拍的「靈魂夥伴」，而是我的靈魂也棲宿的另一個軀體。

複 製 人

蕭敬騰 _ 詞　小寒 _ 詞　黃韻仁 _ 曲
2011 年

我對世人有一個不解疑問，

很像的人可曾複製靈魂？

不同靈魂是否接收不到一樣的疼？

有相同的特徵，在清晨，你無法區分。

要如何製造替身？

死心時微笑還會活生生。

你說愛就要學悔恨，我卻不要你得逞。

給你沒知覺的肉身，

表面複製於愛你這個人。

我承諾還得以完成，

只是那不是我在等。

你的雙唇，是繃帶也是刀刃，

安慰我時在自尊刻傷痕。

這段愛情一寸寸誘惑我引火自焚，

你是一種頑症，想痊癒，卻欲罷不能。

透明皮膚

盧克

「媽媽，我撞到屁股了。好痛。我……唔……」盧克一回家，站在門口邊讓母親用噴霧器在他身上消毒、抹拭，邊掙扎著想從捂住鼻嘴的無菌紗布中冒出這句話。

「什麼？撞到？哪裡哪裡？」盧克媽媽緊張兮兮地，搜身般地檢查著兒子身上的衣服，看看有沒有那裡割破了，再脫下他的褲子，檢驗他背後有沒有流血。

「呵呵，媽媽，我沒事，只是摔了一跤，撞到盆骨。」盧克突然見到母親披頭散髮的樣子，忍不住笑出聲來。「媽媽，哈哈，你像個瘋婆子。哈哈，媽媽，我幫你梳頭。」說罷，憐愛地伸出手將母親的頭髮壓了壓。

但是他感受不到自己手指穿過母親頭髮時，指尖該有的觸感。母親的頭皮也感受不到兒子充滿愛的小手。盧克媽媽停下手邊的事情，極力地去想像那會是怎樣的一種感覺。不，想不起。都三十年了。最後一次梳頭，是三十年前了。她感到鼻子有一點酸酸的。然而她告訴自己不准哭，一家人能在一起，就已經是最幸福的事了，不該去奢求一些不重要的小事。

她清了清喉嚨，嚴厲地訓斥盧克：「媽媽跟你說過多少次了。走路時就好好地走，不要跑！」說完，不免感覺自己像一個

過度保護兒子的怕輸媽媽。但在這種非常時期，過度保護孩子
是正常的。

「媽媽，我有好好地走路。真的！魯尼有跑，可是我沒
有！」盧克心裡一陣委屈。他不喜歡媽媽一天到晚疑神疑鬼，更
不喜歡媽媽誣賴他。

「你知道為什麼媽媽叫你不要跑，對嗎？」盧克媽媽決定藉
機好好教育一下孩子。男生就是這樣，平時怎麼勸都聽不進去。

「我沒有跑！我只是不知道那些石頭這麼滑！」盧克嘗試著
解釋。

盧克媽媽這下子沒話說了。確實，盧克是不知道。

危 險 世 界

和世上其他的小孩一樣，盧克自出世以來，就不知道大雨
淋過的鵝卵石是溼答答的；從不知道綠葉的身體是滑溜溜的；
從不知道握住羽毛時手掌會癢癢的；從不知道大熱天汗水滑下
頸項的感覺像一隻螞蟻在皮膚上爬；從不知道傳說中脫了毛衣
後手碰門把時觸電的刺激；從不知道風撫過臉龐的舒適感。

因為他和地球上每一個倖存者一樣，在皮膚上，加了一層

撕不破的防水人造皮膚。

為此，小盧克是幸福的，他不必害怕自己會因為任何意外而流血。他們不會有瘀傷，也不會有擦傷。這大群小孩從來沒有受過任何一種傷，不是因為他們有超能力不會受傷，而是因為大人從不允許他們從事時速超過走路速度的活動，也不准從事任何在預先計畫以外的事情。任何的戶外活動，都必須精心策劃過，確保安全設施充足以後才能進行。

因為，在這種非常時期中受傷，就等於斷送性命。

因為沒有過，盧克也就不知道自己缺少什麼。他從沒有親手觸控過任何一樣東西，包括自己的皮膚的質地和自己手心的汗水。他甚至不知道在吃了很大一支棒棒糖後，用袖子抹嘴時臉部皮膚會黏住布料的不舒服感覺。他不能感覺拎起一頂稻草帽子，在戴在頭上之前，手指會被一根根的稻草扎著。

他不能咬指甲。

他沒感受過媽媽嘴唇在自己眼皮上溼溼熱熱的感覺。

媽媽說，這是危險世界。最安全的生活方式，就是不跟任何一個人，任何一樣物品，有直接的肌膚接觸。

盡量別去碰野生動物、植物，因為不知道它們是不是帶菌者；別隨便淋雨、游泳，或故意去吹風，否則接收到外地帶進來的孢子多不划算？沒事別去遊樂場盪鞦韆或到球場打球，誰知道那裡有沒有殘留帶著病菌的唾液或體液？

即使穿著人造皮膚，也不行。

2067年，地球上僅存的 1.7 億人口。再也沒有人赤裸過身體。

超級病菌MKB-5711

「盧克！我跟你說過多少次，在有殺菌過的室內才把外套脫掉！」盧克媽媽一開啟門，驚見兒子只穿著短袖，站在樓梯口。口罩、安全帽、手套通通都扔在地上。

「可是媽媽，很熱！再不脫掉我就昏倒了。」盧克小臉蛋已經紅得像個熟透的番茄，可愛極了。但為了大家安全，她不得不狠下心腸：「不要與我爭辯。這麼小心，全都是為了你好！」

為了大家好，無論天氣再炎熱，大家都必須穿上頭盔、長袖防水外套、手套、護眼罩和口罩，腳上穿的則必須是厚底工作靴，對，男女皆是。這些，無非是為了防止任何一項尖銳的物品刺穿人造皮膚，導致人們原本的皮膚暴露。

人類原本的皮膚一旦暴露，就隨時會被空氣中的病媒、外界異物上的病菌趁虛而入。病菌會附在皮膚上，然後透過毛孔感染毛囊，在裡頭繁殖大量之後，集體攻入血管。一旦病菌侵入血管，很快就會抵達心臟。心臟這個彈弓，不一會兒就會將病菌發散到身體各個角落去。細菌的外皮，加上病菌散發的毒

素，除了會引起各個器官衰竭，還會引起休克，病人患病到死亡的過程都會非常痛苦。

簡短說，只要毛孔一受到感染，這名病患就必死無疑了。

這種超級病菌，就叫作 MKB-5711，是 Mega Killer Bug（超級致命病菌）的簡稱。5711 是這種病菌的血清分型。

MKB-5711 可怕的殺傷力之一，來自於其潛伏期之長。一個病菌，就算傳染性高，但要是潛伏期短，病症很快就出現，患者容易被診斷，一旦寄主被隔離，病菌能夠傳到另一個寄主身上的機率不太高。或者病患很快病發死亡，能夠在人群中傳染他人的可能性也很低。

可惜 MKB-5711 偏偏不是這樣，最初感染患者的皮膚時候，並不會造成患者太多的不適，症狀頂多是手肘，臉龐或腳上的一顆痘痘。因此病患在初期感染時會不自覺地四處傳染病菌。

人類是愛社交的動物，要他們忍住不互相擁吻、不濫情、不互相摩擦，相等於是叫他們別活了。加上他們手上一有錢花，就愛搭飛機到別的國家閒逛、炫耀。MKB-5711 很快就演變成影響整個地球，和不同國家的嚴重疫情。

MKB-5711 另一殺傷力之強，來自於它的韌性。它和肉毒桿菌，還有破傷風梭菌同屬一個家庭，在寄主體外時，會將自己變成一個厚厚的芽孢，可以抵抗紫外線、高低溫，因此能在外面的世界生存上三十年之久。

世 界 災 難

MKB-5711 的潛伏期三十年。最後一起病例出現在 2032 年，今年是 2067 年。按照推論，地球上的 MKB-5711 的孢子，大概快要全部滅亡了。

可是，要怎麼跟孩子們解釋，為了安全起見，他們還需再等幾年。就幾年。再等幾年說不定大家就可以不用再做那麼多的防護了。再等幾年，孩子們就可以隨意地在草地上打滾、隨意地從溝渠裡撈小魚、隨意地到森林裡捉蜘蛛，隨意地擁抱。

再過幾年，孩子們就能擁有和我們那時過的一樣的童年了！

可是，再過幾年，盧克就再也不是兒童了，不需要這些了。

想到這裡，盧克媽媽就不禁為兒子錯過童年感到悲哀。

但當她抬頭望了望在書房裡埋頭苦讀的丈夫時，她又想到他們夫妻倆這幾十年不也做了很多犧牲？夫妻已經多久不能親吻？撫摸對方的臉時一點感覺也沒有？一切，都是為了生存。生存至上，擁吻算什麼？玩樂算什麼？

瘟疫發生在三十幾年前。MKB-5711 在短短三年內，消滅了全球 84.5 億人口的百分之八十。大部分感染者都來自人口密集的城市。盧克父母在疫情最嚴重的頭一年，也才分別五和九歲，跟著家人東藏西躲，好不容易才長大，但大部分親人和朋

友都已不在了。

　　當時的遍野橫屍和城市的滿目瘡痍，還歷歷在目。人們花了將近二十年的時間才辦理好罹難者的後事，以及重建好家園。大夥的生活也是在這近七、八年裡才剛剛開始回到軌道上。儘管每天還是有許多的不便、還有食物短缺問題有待解決，但大家開始對未來生活有了展望，包括落地生根。

　　小盧克的「意外發生」，代表著他父母對未來擁有的一點信心。

　　光陰似箭，轉眼間那個冒險的「意外發生」，今年已經八歲，一家三口住在一個偏遠的小鎮上。鎮上的人不多，面積也不大，但麻雀雖小五臟俱全，鎮上有一所學校、販售零件、服裝和各式各樣物品的商店、餐廳、保齡球場、圖書館、還有一家小戲院。放映的，當然都是一些 2032 年前拍攝的舊電影。

　　媒體公司在那次的大災難以後就萎靡不振，因為商家的生意大受影響。因此大家現在的消遣都不再只是電視或電影，而是回返到 19 世紀，電影被發明之前的：閱讀。紙張與筆更重新成為學生上課的用具，電腦公司即使出產了新產品，價格也因為消費群太小，而大大提高，是許多小市民負擔不起的。但大家依然湊足了錢，為圖書館買了一套全新的桌上型電腦。

　　這裡每戶人家每天使用的電源來自於安裝在屋頂上的太陽能電池板，食用的有機蔬菜也都取自各自的後院。有些鄰居家

裡還建起小農場，飼養起雞隻和牲畜，多出來的，就拿到商店裡去賣，這樣大家都可以吃到新鮮的肉類、牛奶和雞蛋。食物外觀和口感雖然沒有從前的好，肉類脂肪指數很低，蔬菜也被昆蟲咬得全是洞洞，但味道還過得去。這陣子，人類活得比過去還健康。

最重要的是，鎮上沒有酒館，也沒有太多有趣的地方可以遊玩，再加上病菌孢子還「逍遙在外」，大多數的人在下班、放學之後，都往家裡鑽。家庭成員之間的感情拉近了不少。

這算因禍得福嗎？可能吧。

人 造 皮 膚

當然市民之間還是會有爭執，大部分的時間，糾紛來自於人造皮膚所帶來的不適。有些人覺得三十五年過去了，條例可以稍稍放寬了，只要小心即可，也有些居民則覺得那是很不負責任的做法，因為一旦其中一個受感染，整個小鎮也將遭池魚之殃。

MKB-5711 病菌是透過皮膚進入人類身體的，而皮膚是身體最大的器官，要防止感染不容易。唯一的方法就是在體外加一層保護。

防輻射衣和生化防護衣在開始頭一年裡，為平民百姓提供了不少保護，這些人才得以生存下來。可是久而久之，生還者因為防護衣不透風的設計，而變得懶散，不再保護自己。惰性，害他們害死了自己。

倖存的科學家和工程師，包括盧克的爸爸，早已意識到這個問題，並且在過去的十五年內，不斷地改良這個保護層。

研究結果顯示，最舒適、並且同時最有效的保護層，就是原本為燒傷病患而製造的植皮。人們可以全天穿著這層透明的人造皮膚工作、睡覺甚至洗澡，完全不用脫除。然而，它也不能輕易脫除。

第一個版本的人造皮由每個人自己的皮膚細胞培植而成，有紋路、神經線，毛囊、汗腺還有淋巴腺。可是這個版本的皮膚像保鮮膜那麼薄，非常容易刺破。況且，這種皮膚有兩層，表皮和有毛囊的真皮。因為有毛囊，細菌依然可以感染人造皮膚，保護層反而變成了 MKB-5711 的培養皿。

第二版本是將一種加入營養素、生長激素和個人表皮細胞的液體，直接噴在自己身上，新的皮膚在 24 小時內就會形成。雖然這種噴霧劑製造出來的人造皮膚穿起來很舒服，但民眾都覺得這 24 小時的空窗太大，不想冒險。再說，這種皮膚很容易脫落，保護作用不大。

第三版新研發的人造皮膚結合生物學者和工程師的研究結

果。他們先用膠原蛋白和糖分子做成一個結構，再利用噴霧劑的方式將在實驗室裡培養出來的表皮細胞鋪滿這個結構，形成一套能覆蓋整個人體的透明皮膚。這也是過去十年捍衛著世人免於 MKB-5711 感染的有效保護層。

可惜這種皮膚有兩個缺點，一，就是結構上的表皮細胞只靠氧氣生存，於是會在第十九天死亡，穿戴者必須每隔兩週就重新用噴霧器為自己加上新的一層表皮細胞。

第二個缺點，就是貼上這層人造皮膚的人，就像帶上手套一樣，知覺麻木，無法感覺摀碎落葉的手感，或感受季節之間的溫差。當然熱水要是夠燙，或石頭的重量他還是能夠感覺到的。

為了讓人們能擁有更好一點的生活品質，盧克的爸爸如今正在和他的小組團員研究如何將奈米科技加入人造皮膚底下，將壓迫感、溫覺等細微的觸覺放大，好讓底下的真皮膚能把訊息傳遞給大腦。

心 懷 鬼 胎 的 小 鬼

小盧克遺傳了爸爸的研究精神和好奇心。和其他同齡的孩子不一樣的是，他知道人類的觸覺並不該如此麻木。他已經放

棄再向父母詢問有關各種事物的質感和溫度之類的問題，因為他們總是一問三不答的。

對世界充滿了好奇的，年僅八歲的他，早已將大半個圖書館的書籍都看完了。而他最喜歡的，莫過於探險故事，還有旅遊集。

盧克羨慕《湯姆歷險記》（*The Adventures of Tom Sawyer*）裡的湯姆在第十四章節中，手指觸碰糞金龜時，昆蟲嚇得將手腳縮排殼裡的情節。他反復地讀著，幻想那一瞬間是一種什麼感覺？還有在第十六章節裡，湯姆和同伴在挖海龜蛋的海邊，玩累了的時候，像海星一樣，躺在溫熱的沙中，沙粒貼在背上和手臂上，那又是一種怎麼樣的觸感呢？

盧克也嚮往在泰國潑水節，站在街頭與當地人互相潑水時，水珠打在臉上的微痛感，和溼透了的 T 恤黏在身上的冰冷；他更嚮往學斐濟人赤腳安然地從用炭火燒得滾燙的石頭上走過。他在猜想，腳底會不會痛？還是這需要經過很多嚴格的訓練？好吧，就算到不了斐濟走火，到法國去赤腳踩踩葡萄也好。葡萄在腳板下裂開，果皮爆開互相摩擦的瞬間，腳趾頭感受得到嗎？

但只要一天他還穿著這一身透明人造皮膚，他就無法真正感受這個世界呈現著的奧妙和美好。

媽媽說，再等幾年就不用再黏上這套噁心的透明皮膚了。

她說，再等幾年就安全了。再等幾年就可以想摸什麼就摸什麼。

「幾年？拜託，我幾天都等不了了。」他翻著白眼，撅著嘴。

鬼靈精盧克於是想到了一個可以讓觸覺開始探索世界的詭計。他決定從手指部分開始著手。這層人造皮在十九天內就會死去，只要不重新噴上表層皮膚細胞，底下的膠原蛋白和糖質結構很快的就會因為曝曬，而剝落，之後他就可以將人造皮膚拆下來。反正是透明的，不仔細看，誰看得出來？

但自己的起居飲食都由媽媽親自照顧。要在皮膚上做手腳，可沒那麼容易。所以，一切都必須沉謀重慮。

於是他從圖書館借了一本叫作《我是一個大男孩》的繪本，拿回家唸給媽媽聽。盧克媽媽一看孩子有學習照顧自己的欲望，以為他真的長大了，懂事了，感動不已。於是她開始教導盧克如何使用家中的電器，還有如何替自己的人造皮膚加上新的一層細胞等技巧。

一個半月後，盧克，因為他食指已經完全沒有保護層而感到無比驕傲。

半年後，他已經成功地將兩隻手的人造皮給清除掉了。

穿幫了

「啊！」從廚房傳來了盧克的慘叫聲。

父母親丟下手邊的事務往兒子身旁衝過去。原來盧克想拎起熱水壺為自己泡一杯可可，卻因為還未適應燒開水的高溫，而被嚇得打翻了左手的杯子。滾燙的水不幸地，撒在右手臂上。

「盧克！寶貝！你怎麼了？」母親第一個衝進廚房。「被熱水燙著了嗎？」她邊檢查著兒子的皮膚，邊對丈夫說：「得帶他去修補人造皮，這麼熱的水肯定把結構給融化了。現在就走，好嗎？」盧克媽媽雙手有點發抖，她擔心人造皮破了，兒子會受感染。

「還好有人造皮保護，90 度的熱水要是倒在他自己的皮膚上，後果肯定不堪設想。」盧克爸爸雖然心疼，但深知自己必須假裝鎮定，才能好好地安慰著受驚嚇的妻兒。

「爸……媽……」盧克不知如何是好。

此刻他流下了兩行長長的淚痕，一方面是因為他受了傷，疼得很，另一方面，是因為羞愧。

「怎麼了？很痛是不是？」母親對著傷口吹氣。

「爸……媽……」他只好把右手伸出來，湊近父母的眼睛。右手臂一小片皮膚開始紅腫起來，甚至有些發紫。

「不……不可能的！」父親驚訝地說。「我們的資料顯示，人造皮膚多少可以承受一些高溫，怎麼你的手還是受這麼重的傷？」

突然他恍然大悟！推開兒子的手，猛抓起自己的頭髮，歇斯底里地嘶吼著：「不！不！不要啊！」母親頓然也明白了。她抓起兒子的手，挨著光線一看，沒有反光。兒子手上沒有保護層。

所以他會被燙傷。手臂開始起泡，別說是人造皮，這下子連自己的皮都被燒壞了，底下的真皮露出來，再也無法抵抗任何一點 MKB-5711 病菌的侵入了。

完了。一切都完了。父母兩個人跌坐在地上。留盧克一個站在一旁，低下了頭。

來不及了

多麼沉重的一次教訓。盧克看清自己犯的錯誤了。他終於領悟到自己會因為任性，害自己賠上性命，害父母傷心。父母傷心是他最不想看到的一幕，誰知，自己竟是他們流眼淚的罪魁禍首。

但已經太晚了。兩隻手臂晾在外頭這麼長一段時間，就算四周沒有患者將病菌傳染給他，也大概有病菌孢子貼在上面了，等著爆發成病菌，感染他的毛囊。一進入毛囊，他的小命，就難保了。

一切都來不及補救了。

遺 願

盧克坐在充滿泡泡的浴缸裡，等待著媽媽過來。母親拿著盧克平時泡澡時最愛的橡皮鴨子、青蛙、小船等，靜靜地走了進來，坐在他身邊，開始替他洗澡。她臉戴著口罩，手戴著手套，溫柔地擦拭著兒子的背，洗著他的小臉蛋。母親大部分的時間都低著頭。就那麼幾次，她勉強自己抬起頭對兒子微微笑，可是她的表情是悲傷的，眼睛也已經哭得紅腫紅腫的。

「你想吃什麼，媽媽給你做。」母親先開口。

「還有，你現在想做什麼，就趕快去做。功課和考試，就別操心了。媽媽，媽媽不會責怪你的。」母親說到這裡，聲音啞了，眼淚更是止不住了。

盧克也跟著哭了，滿身泡沫的他，緊緊地摟住母親的肩膀，叫著：「媽媽，我知道錯了，請你原諒我！請你原諒我！」

感覺到自己兒子小小的身子把自己抱得那麼緊，盧克媽媽心裡
冒起一千萬個不捨，終於放聲痛哭：「我的兒子呀，我唯一的兒
子呀，我的命啊，上天，我求求你，放過我的兒子吧！」

盧克父親黯然地站在浴室門口，心裡已經做了一個決定。

赤裸的美麗心情

「孩子的爸，你想做什麼？」

「別管我！」

「你別亂來！」

「都說了別管我！」

「那我呢？啊？」

房間門口傳來父母的吵架聲。盧克聽得心裡特別難受，自
個兒回房去。

才剛躺下，房門就猛然被推開，父親手拿著幾個小管子，
對盧克說：「兒子，跟我來。」盧克乖乖地跟著父親走到浴室，
看著父親把熱水溫度轉到 37 度，將浴缸裝滿，再將幾個小管子
開啟，把裡頭粉狀的化學物質倒了進去，用手攪了攪，然後伸
出手說：「來吧。」

　　父子倆脫去身上的衣物，坐進了熱熱的水裡。盧克一臉狐疑，看看父親再看看母親。

　　「沒有你，我反正也活不成了，還不如陪你去探險！」父親簡直像變了個人似的，笑容滿面，還頑皮地向盧克眨眨眼。

　　原本一臉愁容的母親，聽到丈夫這麼說，也開始將身上厚厚的衣服取下，剩下睡袍，一隻腳踏了進來。「自私鬼，有好玩的地方也不帶我去。」她邊哭邊笑出聲來。「挪過去一點，給我點空間。」

　　三人笑著笑著，就抱在一起痛哭了一場。但他們說好了，天一亮，就要外出，讓赤裸的皮膚好好地來一場感官盛宴，陪盧克去體驗從未感受到的生活。他們要到燈塔上好好地吹海風，好好地在灘上打滾，好好地去觸控鮮花與綠草的身體。就他們三個，一家人要好好地在一起。哪怕就只有一兩天的時間。

　　那粉末叫作膠原酶，會將人造皮膚裡的結構分解。

今天

兩年過去了，盧克十歲生日派對，全鎮的人都來了。

只見大家赤著腳在草地上用力地跳舞、大聲地說笑。臉碰

臉，熱情地握手，擁吻著，感受著，彼此最真實溫度。沒有人患得患失，沒有人小心翼翼，沒有人勾心鬥角，沒有人鬱鬱寡歡。

大家都泡過澡了。

反正就算沒有 MKB 的存在，人類也會隨著時間一天一天接近死亡。苟且偷生般的生存，稱不上是生活，還不如好好活一次。

後天說不定就是世界末日了，而明天會不會來還不確定。還不如慶祝今天肯定擁有的每一個今天。

作 者 注 解

現代家長對於孩了的衛生問題特別關注，要求孩了除了要遵守一般的「飯前洗手、飯後漱口」的好習慣，還交代他們隨時隨地都不得碰觸任何公物、動物和植物，口口聲聲說，預防勝於治療。

然而，家長忘了孩子是有好奇心的。好奇心是孩子學習的一大關鍵。

我能夠了解這是「托兒所」後遺症，許多家長都擔心孩子會

染上手足口症，於是強迫他們穿上一層層以消毒劑充當的人造皮，以為這種過度保護孩子的行為是為孩子穿上盔甲，從此就能百毒不侵。

但是穿上盔甲的孩童，走也走不動，如何探索世界？孩子們若有一天被迫脫掉了盔甲，對世界沒有免疫力，豈不更脆弱？

貪　圖

李代沫 _ 唱　小寒 _ 詞　蔡健雅 _ 曲
2013 年

情歌怎麼都孤獨，平行的五線譜；
無論怎麼都孤獨，毫無交叉碰觸。

世界怎麼都孤獨，狂歡前要倒數；
既然怎麼都孤獨，想愛為何忍住。

我貪圖，能愛得銘心刻骨，
我也貪圖，被誰呵護，心中能少一寸土荒蕪。
誰願意夜裡獨處？

誰不貪圖，幸福。

人們怎麼都孤獨，感覺摸不清楚；
注定怎麼都孤獨，隔著一層皮膚。

愛情怎麼都孤獨，眼神卻能傾吐；
既然怎麼都孤獨，我更義無反顧。

我貪圖，能愛得銘心刻骨；
我也貪圖，被誰呵護，心中能少一寸土荒蕪。
誰願意夜裡獨處？
誰不貪圖，幸福。
誰不貪圖，幸福。

跌跌撞撞愛的學徒（跌跌撞撞不辛苦），
你眼中什麼在潛伏（明明是愛）。

透明皮膚

—— 不得已的英雄 ——

煙霧瀰漫

黑色的煙霧越來越濃了，房間已經快沒有氧氣了。這下子更難呼吸了，老太太也咳得更厲害了。橘色的火舌這回應該是舔到了易燃物，嘗到了甜頭，所以氣勢越發越猛。平敬氣喘吁吁地用左手肘推開擋在房間門口的、因高溫脫落的部分門框，正想拉開飯廳的門往客廳逃去時，感覺得到有氣壓著門，還有門的另一邊的高溫。不行，餐廳應該也起火悶燒了，拉開門會讓氧氣湧入會導致閃燃的。

沒辦法，平敬只好扶著受困的老太太往回走，走回房內。怎麼辦，雲梯設在大門外，房間這一邊的房屋建得太密集，消防車都沒法停放，如何逃生。其實著火的單位在二樓，離地面不過三公尺，在下面設個安全氣墊直接跳下去最直接了當。奈何老太太年紀大了，摔不得呀。

這是唯一的辦法了。平敬想。他的隊友大概也有同樣的想法，在老太太窗戶下放了一個氣墊，並向平敬指示窗臺邊緣有個類似滑梯的構造，只要小心一點，可以直接滑到氣墊上。平敬對著又聾又啞的老太太比手畫腳，指示她要怎麼做，並作了個手勢告訴她，自己隨後就到。

老太太點頭表示她明白了。其實她對於平敬接下來的打

算，也很明白。所以她伸出手，輕輕拍了拍胸口，再指了指眼前這位英勇的殘疾消防員，請求他陪她一起逃命。平敬有些生氣本想推辭，告訴老婆婆她會沒事的，但奈何老太太苦苦哀求，表示她害怕，他只好答應。

於是他為老太太繫上了安全帶，和自己綁在一起，越過窗戶，一小步一小步，小心翼翼地在邊緣平衡著，然後吸一口氣往下一滑。「噗」地一聲，兩人掉到了氣墊上，四周響起一陣震耳欲聾的歡呼聲。老婆婆聽不見，也說不出話，只顧拍了拍平敬的手背，眼神彷彿說著：「你的痛，我都懂。」

老太太懂什麼？平敬這一輩子才沒有什麼痛呢。

好乖的孩子

「平敬！你受傷了！你的手……」媽媽緊張地嚷嚷著，往他奔馳而來。

攤在遊樂園地上的平敬望了望媽媽，再沿著她的視線看過來，停在自己的左手上。咦，平時直直的手臂怎麼這下子折成150度？自己剛才不是還在溜滑梯上等溜滑梯的，怎麼這麼快就到地面上了？

　　遊樂場上的孩子這時像樹倒後的猴猻似的，都尖叫著跑散了。站在溜滑梯頂端的，將平敬推下來的惡霸，則嚇得一動也不動，還尿了一褲子。雖然平敬無法理解媽媽和其他幾位阿姨的臉色怎麼會這麼難看，但她們慌張的表情和高尖的聲調讓他很害怕，於是他決定聽從指示，乖乖地躺在原地。

　　不一會兒，救護車來了，就這樣三歲的平敬搭乘了他生平第一次的救護車到醫院去。不知為何，救護車的鳴笛聲令他感到異常興奮，他躺在救護車裡，看著他四周掛著的器材，居然笑了起來。媽媽看見他的笑容，摸了摸兒子的額頭，輕輕地說：「你這麼痛，還要笑給媽媽看，真懂事。」邊說，眼淚邊如斷線珍珠一般，一顆顆地滑落。

　　「平敬小弟弟真勇敢，受這麼大的傷卻一滴眼淚都沒掉！」急診室的女醫生一邊溫柔地稱讚著小病人，一邊輕手輕腳地替他把手接回去。在旁的護士則拿著玩具想引開平敬的注意，不停地說：「來，看這邊，看這邊……」平敬對玩具一點興趣都沒有。他比較想知道自己的手是如何被接回去的，這麼有趣的事，不了解為什麼大人們會有如此大的反應。

　　「是的，我的兒子從小打針從來都不哭的，他就是這麼一個勇敢的孩子。」媽媽眼裡一陣驕傲，摸了摸平敬的背。這孩子跟他爸一樣，生來就是一塊偉人的料子。要是丈夫還在世的話，一定會引以為傲的。

平敬的爸爸生前是一名消防員。一年前於一場製衣廠大火中殉職。

哭，是一件好事

自那次摔斷手之後，平敬就不斷地進出醫院和診所，頻率差不多是每半年一次。短短的三年內，他總共縫了三十七針，打了六次石膏。十一針在右邊眉毛上端，七針縫在手心、腳板，膝蓋、小腿、肩膀則各捱了四針。

於是平敬六歲時，媽媽開始擔心了。自己的小孩和別人家的孩子齊齊跌倒，對方哇哇大哭，而同樣淌著血的平敬卻總是若無其事地坐在地上，甚至有時還會取笑同伴懦弱。這樣的異常行為令家長們都質問平敬媽媽，孩子是不是精神有問題？

接下來的一年裡，平敬被媽媽又騙又哄地，去看了好幾個心理醫生，還有小兒科專家。大夫們都認證這孩子大腦沒有什麼問題，可能只是比較能忍痛。多數在知悉平敬爸爸生前的職業之後，都認定他是想示範什麼叫「男生流血不流淚」，是在以父親為榜樣。好感動，這小孩這麼小就知道什麼叫榮耀。

問題是，平敬越是不哭，母親越是熱淚盈眶，覺得兒子好可憐，盲目崇拜報章裡形容的父親。在她眼中，這是一個故作堅

強，不讓媽媽擔心的乖孩子，更或者，他還在承受著喪父之痛。

　　為了不讓媽媽再掉眼淚，平敬在八歲那年的某一天，故意在人行道摔了一跤。那一跤害他磨破了膝蓋的外皮，血流不止，但顯然沒有其他受過的傷那麼嚴重。「哇！」的一聲，他哭了起來。「好痛，媽媽，好痛！」母親一臉錯愕，這是八年來，她第一次聽見兒子喊痛。但她咧嘴笑了。兒子失去爸爸的創痛好了，他終於不再壓抑自己的悲痛了。

和 靈 魂 脫 節 的 軀 體

　　諷刺的是，必須造假喊痛才是平敬的最大悲痛。命運都已經這麼對他了，他不能這樣對待媽媽。她已經沒有丈夫了，他不能再給這可憐的女人打擊，讓她知道唯一的親人生來就得了一種罕見得連一般醫生都沒聽聞過的「先天性無痛症」（CIPa）。這是一種遺傳性感覺自律神經障礙。兒子的不正常，將會是一個她無法承受的噩耗。

　　如一般無痛症患者一樣，平敬的痛感傳導受到阻滯，喪失了痛覺。完全喪失痛覺，意味著一個人對有害刺激喪失了警覺，因此平敬在毫不知情的情況下容易受傷。他還有一個附加的問題，那就是他無法感受到溫差，常常被熱水燙傷。更糟的

是，測試不到天氣有多炎熱的他，也患有少汗症。流汗是人體排除新陳代謝多餘熱量的最重要方式。不能出汗的人很容易中暑，很容易發高燒。可想而知，平敬是醫院的常客。

所幸平敬自小就了解自己和別的孩子有多與眾不同，做什麼事之前都會徹底在心裡排練過一遍。他也深知身體髮膚受之父母的道理，不像其他患上無痛症的孩子那樣好玩，進行各種自虐的行為，如將頭撞向牆壁、咬掉手指頭等。

但平敬怎麼說都是個小男孩，再懂事也會有頑皮搗蛋的時候。媽媽儘管特別疼惜這個與她相依為命的兒子，卻誓言要將他撫養成一個正當的人，因此還是會使用籐條教訓孩子。平敬能感受母親的力度，還有籐條打在皮膚上的壓力，可是那一道道又紅又腫的傷痕，卻怎麼也不疼呀。感覺不到籐條打在身上的疼痛，對其他小孩應該是一種福音吧。但他寧願不要這種福利。要是連媽媽懷抱的溫度都感覺不到，那，活著又有什麼意思？

將缺點轉化成特點

平敬終於剛過十五歲生日時，被證實患有先天性無痛症。揭祕之後的心情前所未有地輕鬆，媽媽眼裡有淺淺的一攤淚水，卻也出乎意料地鎮定，只是微微笑，俏皮地擰了擰平敬的

大腿。平敬假裝受傷，從椅子上滾到地上。

不識趣的醫生打住母子倆的嬉鬧，嚴肅地告知兩人：「一般患有這種疾病的兒童，活不過幾年，平敬能唸到國中很幸運。」但醫生有所不知的是，平敬在十歲的時候就已經理解到自己無法測量危險度，凡事都盡量避免自己受傷，就連在走廊騎腳車都必定要帶上頭盔和防護罩。在同學眼裡，平敬是一個娘娘腔，一直到他們目睹平敬在橄欖球場上的英姿。

一直處在受保護狀況下也不是辦法。平敬決定告訴媽媽，他想把缺陷轉為成優勢，去為自己短暫的生命做一點什麼。感覺不到疼痛，人會更勇往直前。媽媽雖擔心，卻也答應了。時間有限，兒子是應該在世上留下一些印記的。平敬幾年後決定完全隱瞞病情，選擇參加高中橄欖球隊，加入「敢死隊」。

橄欖球防護服與防護帽，加上和隊友合作無間，平敬參加了幾場比賽都毫髮無傷地贏著回來。就這樣，他度過了愉快的高中日子。他愉快的原因，還包括了一個叫「稻草」的女生。

撲通與不痛

平敬在高中時很受女生的歡迎。但他都以自己的缺陷為考量，不去接受任何一個女生的愛慕，免得耽誤人家的幸福。但

人類是不可能永遠對愛情免疫的，他在高二時談戀愛了。高二開學前兩天，平敬的同班同學為了節省時間，在校舍附近租了一間房間。平敬好心前來幫忙搬家，卻搞出一場意外。

　　女房東是一個外號「稻草」女生的母親。搬家當天平敬沒察覺稻草正外出返家，猛力一推開門，「吱」的一聲，門被什麼卡住了。只聽見門後細微的一聲「啊！」，然後「咚」的，有一個人倒在地上。原來稻草當時正要開啟門進屋，大腳趾卻不偏不倚被平敬夾到門底下的小縫。她痛得當場昏倒。

　　平敬發現自己闖禍，也嚇得臉孔一片刷白。他蹲下檢視女生，果真不省人事了。他輕手輕腳地幫女生把腳趾從門底下抽出來，檢視了一下，沒斷，沒腫，連皮都沒破，看來傷勢一點也不重，不至於痛到昏倒吧。

　　可是看起來又不像在演戲。不會是死了吧？平敬伸出手想學電視上看到的一樣，掰開女孩的眼皮，檢視瞳孔有沒有擴張，再摸摸脖子，感覺一下還有沒有脈搏。那一刻，房東走過來，彎下腰把女兒的身體墊高，然後拍了拍女兒的臉。不一會兒女孩就醒過來了。昏倒時長相還算清秀恬靜的女生，豈知醒了就變成潑婦一名，站起來指著平敬和租房間的同學臭罵了一頓。令人費解的是，等她罵完了，就又請兩人回屋裡吃冰淇淋。

　　平敬的同學感到莫名其妙，而平敬卻感覺到莫名的奇妙，心臟撲通撲通猛跳，緊張的同時又感到無比地平靜。

「我患有血管張力失調性昏厥症。」女孩主動解釋。「什麼?」平敬問。「我只要受到什麼刺激,比如疼痛時,我就會昏倒。這是一種自我防護的本能。所以你們誰也不準惹我。」女孩回說。「所以他們叫我『倒』草。明白了嗎?」女孩用牙齒咬著湯匙繼續說道。

她臉上不知為何,突然冒出一個詭異的笑容,再舀了一大湯匙的冰淇淋,問兩個男生:「我冰淇淋再吃快一點,大口一點,說不定就會昏倒。想不想見識一下?」說罷就作勢要進行。平敬和男同學都死命搖頭,恐慌地揮著手,說不要不要。太恐怖了。

「一點痛就昏倒,而我怎麼痛都感覺不到。」一個陰,一個陽,平敬感到很不可思議,暗自驚喜。世上完全兩極端的兩個人居然能同時在這所大學遇見?這種事有多大的機率?莫非這就是所謂的命中注定?

日 曆 上 的 「 X 」

平敬追了整整一年才把稻草把到。高二年底,兩人開始出雙入對,人稱郭靖與黃蓉。平敬憨厚又有點反應遲鈍,稻草則敏感又機智過人,口不饒人但心地異常善良。稻草是平敬對危

險的探測器，而平敬則是稻草的勇氣來源。平敬媽媽覺得兒子才高中畢業就談情說愛有點早，可看到兩人如膠如漆，又不好拆散人家，唯有成全。

兩人小心翼翼地過著日子，也順利地考上同一所大學。學業成績雖然不怎麼樣，但平敬已經心滿意足了。和稻草默契很好，感情很穩定，母親也即將退休，大家都過得很幸福。然而越幸福，平敬就越擔心。他知道命運不可能如此款待他，給你越多，就會拿走越多，於是提心吊膽。

他的直覺是對的，只是從未想到它會下手得如此快。命運早已在他們大學三年級的日曆上畫了一個「X」，就是那天了，借給平敬的幸福時限已到，該去討回來了。

那是一個平凡的週末，兩人看完午夜場電影準備乘搭計程車想回家。小情侶在後座卿卿我我，因而沒發現司機先生正在超速，並且還闖紅燈。說時遲那時快，一部載送建築材料的大卡車迎面而來，它右轉後才看見平敬和稻草乘坐的計程車。雖及時煞了車，但承載的重量賦予它的衝力依然令它停不下來，閃躲不及，直直地撞上了計程車的右邊。車子被撞得往左翻，平敬所在的右手邊則被撞得凹了進去。

後座中間的稻草驚嚇過度，立即昏了過去。平敬雖然受了重擊，肩膀和身體都負了重傷，但意識清醒。他的頸項應該是扭傷了，卻一點也不痛，只是被安全帶拴得死死的他怎麼都

不能轉頭。他從後照鏡瞥見女友雙眼緊閉，臉上沒有血跡，應該只是昏倒了。平敬勉強伸出左手想觸控她，想叫醒她，可她一點反應也沒有。平敬雖感到無力，卻仍掙扎著拍打著稻草的大腿。

幾秒內，前座的司機反應過來了。他慌張地往上撐開了車門，使勁地爬了出來，再把司機椅座推前，趴進去把平敬拉了出來。他一邊救平敬，一邊喊：「小姐，小姐，你要起來啦，危險啊，小姐你要起來！」平敬原本抵抗司機不讓對方將他救出，但後來考慮到他要是人在車外的話，會比較容易利用自己的體重將稻草拉出來，也就停止掙扎，讓司機將自己拯救出來。

這位司機不止犯了超速、闖紅燈的錯誤，他還忘了做一件事。那就是把引擎關掉。平敬才剛爬出車子的殘骸不到三秒，計程車的電線就發生短路，起火燃燒……火勢很大，司機都被嚇得拔腿就跑。偏偏，平敬感受不到身後大火的熱度，沒有意識到自己必須加速把稻草拉出來。

原來痛，是這種感覺

平敬一點也不平靜，嚷嚷著要護士將他鬆綁。稻草還在加護病房，他要去看她，她需要他，因為他是她的勇氣。平敬母

親告訴他，稻草吸入過量有毒的濃煙，皮膚也遭受三度燒傷，情況很不樂觀。可是心愛的人受了傷，自己卻不能去探訪，這種焦急誰能明瞭？然而平敬又能如何，他的右手腳、盆骨和肋骨都被撞碎了，被禁錮在病床上。

平敬媽媽不斷地在醫院的兩端來回往返，替兒子打聽女友的訊息。她安慰孩子，說所幸車子只是著火沒有爆炸，所以稻草能生存下來已算是命大。所謂「大難不死，必有後福」，稻草逃過一劫表示她命不該絕。她嘴上是這麼說，但心裡卻一點也不相信自己的一派胡言。她隔著玻璃見過稻草了。這孩子好可憐，臉部和雙手都包滿紗布，就算能活過來，要康復也很不容易。

真如稻草一般，這名外號叫稻草的女孩的生命被一場火燒成灰燼了。她的死因並不是因為傷口感染，也和濃煙沒有直接關係。是她的心臟承受不了身體各方面的壓力，休克了。稻草的母親在病房外哭暈了，離異的丈夫則狠狠地將前來探病的司機揍了一頓。而平敬的媽媽，感到全身無力，蹲在醫院走廊上久久不知所措。

「醫生說，稻草由始至終沒有受過一點苦……」平敬別過頭去。看到母親臉色蒼白的樣子，他心裡有數了。「所幸稻草在車禍時就昏過去，感受不到皮膚被燒傷的痛苦……」母親繼續。

「媽，您累了，回家吧。」平敬冷冷地說。

「可是……」平敬的母親好想把兒子抱在懷裡安慰他，就像他小時候受傷時一樣。但她自覺到在這種時候，不宜和兒子起爭執，便悄悄地拿起皮包轉身離去。

說是這樣，稻草一點疼痛就昏厥，因而沒有在車禍中受苦，平敬則因沒有痛覺而免受皮肉之苦。但既然說是感覺不到痛，那胸口那個梗塞住的感覺是什麼，那股一想到稻草就崩潰大哭的衝動是什麼？那股早知道就不讓司機把自己拉出來，稻草差一點就能活下來的遺憾是什麼？

原來，那感受就叫作：心痛。

逝 世 造 英 雄

因為感覺不到傷口的痛，平敬總難免會因用力過猛導致傷勢惡化。再加上他已失去鬥志，不好好地做復建，因此恢復很緩慢。儘管他自小就是一個無比堅強的孩子，但那場車禍過後，平敬腦海也不是沒閃過自殺的念頭。不幸，但也慶幸他們家信天主教，自殺是一種罪行，所以他一直都沒有下手。

於是他想，既然自己感覺不到痛，那麼就選擇痛苦地活著，選擇讓內疚撕裂他活著的感覺。自己沒用，連自己最愛的人都沒保護好。無痛地死去，未免太便宜自己了。可是他夜夜

夢迴，車子著火的那一幕反覆地在睡夢中放映，好像個鬼魂，怎麼都不肯放過他。而他也不想夢魘放過他。

平敬花了九個月才能夠重新正常地走路。但那些惡夢令他無法專心上課。心理醫生診斷他患上受創後壓力症。大三無限期延後了，眼看是唸不完了，媽媽也沒有勉強他。恐怖的車禍差點讓她失去兒子，如今兒子健康比什麼都重要。

平敬在休學的日子裡，天天躲在房間足不出門，有時連話也沒說上兩句。他天天除了睡覺，就是上網查詢如何在燃燒的汽車中救出受困者的資料。一個月下來，母親終於受不了了，不忍心再看兒子這樣折磨自己，便建議他申請成為志願消防員，好讓他能在學到真正的救火技巧之餘，也可以順便出去交交朋友、透透氣。

消防隊裡有些前輩，是平敬爸爸生前要好的同事。他們在平敬車禍之後都有前來探訪，見到他康復，還自願加入消防隊，都給予如雷的掌聲，並答應平敬他媽媽他們會好好照顧平敬的。

「一定痛死了吧。這麼多根肋骨斷裂。」隊長康叔叔摟著平敬的肩膀，關心地問了起來。「不痛。」平敬禮貌卻誠實地回答。「真是個男子漢！忍痛能力還相當高！」康叔叔豎起大拇指誇獎他。但他不知道平敬的情況，而平敬也打算堅守這個祕密，反正說了大家還不是一頭霧水。就這樣，平敬的病情又再

度被隱瞞了起來。

　　雖然平敬對爸爸的回憶不多，但能感受到父親生前工作的
情況，令他感覺突然之間更了解，也更貼近自己印象中的那
個魁梧男人。雖然能真正接觸火災的機會不多，多半都是處理
一些街坊的瑣事，但這種能夠幫助別人的感覺很好。況且，能
和奪走自己心愛女孩的熊熊烈火這魔鬼面對面地交手，並且每
每都能將惡魔消滅，是一種非常有效的治癒方式。惡夢日漸減
少，人也開朗起來。

　　一年以後，平敬決定回返校園一邊把大三唸完，一邊志願
在小鎮裡的消防局裡幫忙。畢業以後，他發現志願工作已無法
滿足他，便決定考取成為一名全職的消防員。

　　媽媽當然很擔心。按照常理，沒有母親會允許自己剛從災
難中僥倖生還下來的孩子從事如此危險的工作，更別說是對危
險沒有警覺性的獨生子。可是她明白的，就算她再怎麼反對，
兒子還是會一意孤行。與其他搬走，從此和自己斷絕來往，不
如成全他，讓他留在身邊好讓自己可以在能力範圍內照顧他，
保護他。

　　平敬雖然身受過多處重傷，但體能和誠懇的學習態度讓他
順利地通過口試、面試和筆試，成為一名真正的救火員。況
且，自己已二十三歲，不應再和母親伸手要錢了。「我會讓您為
我感到驕傲的，媽媽。」平敬答應母親。

　　或許要塑造一名英雄，命運的雙手就得使勁地捏，使勁地壓。身心上的疼痛就是成為一名有用的人的代價。

　　就在平敬興高采烈地領了生平第一份薪水的當天，母親神情和藹地將醫院寄來的報告遞給他看。操勞了一輩子的母親，卻在終於可以享清福的時候，病了。

無 可 奈 何 的 英 雄

　　有完沒完？命運，好像就是怎麼也不願意放過平敬。媽媽並沒有捱過下一個春天。平敬簡單地替她辦了後事，很快就歸隊了。留在空蕩蕩的家裡，要做什麼？能做什麼？整間公寓都是母親的回憶，沒有了她，他該要怎麼活？他完全沒有頭緒。這種失落，有別於稻草逝世時的悲憤。此刻，平敬彷彿置身在茫茫無邊的大海內，毫無目的地漂著，飄著。

　　平敬生命中的舵，儘管已經失去，卻更像永遠被埋進了流沙堆裡，將他往下拉。他感覺自己快沒頂了，但說真的，就算是真的要沒頂，他也不介意。生命的意義在母親永遠閉上雙眼的那一刻，已經消失了。感覺不到痛的日子，接下來，生活就只剩下生存。勉強的生存。

　　平敬不能自取生命，因為他是一個孝順的孩子。母親的信

仰他絕不能違背。可是他每天都幻想著在火場內的某一次粗心大意，這一生的不幸馬上就會跟著燒成灰，這麼一來就能到天堂與媽媽還有稻草團聚了。因為是意外，母親就不會責備自己犯下自殺的罪行。

於是他總是第一個衝進火場的消防員。他雖不比隊員經驗豐富，但他比其他人都年輕，更健壯，更敏捷。最難能可貴的莫過於平敬的鎮定和勇氣，橘紅色的魔鬼再高大，咆哮再震耳欲聾，吐出的骯髒深灰色毒氣再多，也一點兒都嚇不倒平敬。

那是因為，倒下後打在他身上的柱子多重、被灼傷了的皮膚還繼續被火焰的舌頭舔上多久、火場溫度多高，對平敬來說，一點感覺都沒有。對於自己的「祕密任務」，平敬並沒有打退堂鼓的意願。

然而大家有所不知的是，他的勇敢，他的毫不猶豫，是因為他已一無所有，一無所有的人也就再無可失，義無反顧只不過是因為無所謂。能夠光榮的殉職是他的心願。

平敬每一次衝進失火現場，都期待自己不會再活著出來，偏偏拐個彎就會看到一個受困者，踢開一扇門就會聽見有人在喊：「救命！救命！」自己是立過誓約的救護人員，怎麼能見死不救？因為感覺不到痛所以救起人來更加無懼。這，在外人眼裡，是「英勇」。

把人救出來之後，平敬總會再冒死跑進火場。其實這是因

為剛才自取生命失敗，希望這次能成功。這個行為在旁觀者眼裡，被譽為「盡責」。偏偏這時他的隊友已經將火勢成功地控制住。平敬的第二個「嘗試」，總落得被潑個滿身冷水。

日復一日，年復一年，平敬想尋死的欲望不但沒減反加。沒有人能了解他感覺不到痛楚的痛苦。偏偏命運又不準讓他走，一直布局把他硬留在世上，孤零零地活著，像個不能隨心所欲的玩偶。平敬活累了，想離開了。他必須擺脫命運這雙大手。

因此他必須更「英勇」，更「盡責」。上天總是跟他開玩笑，偏偏他的行為越「敢死」，救出的人就越多，獲得的感謝和獎狀更是不計其數。當消防員短短四年的生涯裡，他總共單手救出八十九人，其中五十一位來自最後一場化學肥料工廠火災。

平敬，在幾千人的見證下，被封為小鎮百年來的救火英雄。他萬萬也沒預料到自己求死的「任務」，會演變成這種場面。自己莫名奇妙地、不得已地成為了一名英雄！

真是荒謬，平敬感到啼笑皆非。「命運，我真的搞不懂你的幽默。」平敬想著想著，不禁無可奈何地笑了起來。

「你的父母親一定會引以為榮。我們小鎮也感激你！」鎮長打斷了他的思緒，並熱情地握了握平敬的右手，再體貼地將獎狀遞到對方的右手。那一場工廠大火中發生了一場爆炸，奪去了平敬一部分的左手掌。

　　儘管手指沒了，部分皮膚燒傷了，但平敬感覺不到任何疼痛，心裡感受複雜得難以言喻。難過，因為他失去了一隻手的功能，必須被迫領取大筆的保險賠償，從消防局退休。暗自竊喜，是因為被炸掉幾根手指，表示著命運很有可能因為把他這個人形玩具玩弄膩了，終於開始疏忽了。能失去一隻手，就表示著接下來平敬可能失去一整個身軀！不能當全職，當志願消防員一樣能夠進入失火的現場。機會並不是全失！

　　要是你了解命運的話，或許能推測到，它的確是會偶爾疏忽一會兒，放你一把，但它很快就回過神，繼續戲弄你。小鎮不少少年因平敬的英雄事蹟而受到啟發，考取加入消防局。原本只有幾個臃腫，跑不動的阿叔的消防隊，突然多了不少等待入行的健康年輕人。

　　這意味著，能輪到平敬出場的機會，大大地減少了。但他還是每天到消防局報到，協助訓練菜鳥們的工作。眼看，平敬的計畫快泡湯，傳來小鎮三處著火的訊息。平敬感覺機會來了，握住自己胸前的十字架親了一下，就隨著出動的七部消防車趕到其中一個現場。局長原本不願讓殘疾的平敬參與，但念在救火要緊，菜鳥又需要老鳥帶領，就答應平敬參與。

　　這難得的機會，只許成功不許失敗。平敬對自己說。

天使沒有痛覺，
是為了更深切人間的痛苦

　　被解救出來的二樓老婆婆，還一直不肯放開在平敬的右手背上的手。平敬開始覺得有點煩，老太婆不僅破壞了他的計畫，現在還纏著他不放。他不顧醫護人員的阻止，拉著老婆婆到一旁去，把她臭罵了一頓。一瞬間，心裡壓抑了好久的憤慨，終於爆發了。一向來溫文爾雅，堅持不說髒話的平敬，這下子把他一輩子聽過卻不敢使用的粗言穢語都發洩出來。

　　或許是，平敬平靜太久了，情緒這回終於得以爆發，胸口居然隨著每一句從嘴巴吐出的髒話，逐漸感到舒坦。慢慢地，平敬恢復了一向溫和的神態，開始覺得不好意思。老婆婆是無辜的，自己有什麼權力這樣無禮地對待對方？

　　平敬一臉難堪地向老婆婆做了個「對不起」的手勢。誰知老婆婆還是一臉微笑，做了個「沒關係」的手勢，並且從口袋裡拿出一本小冊子交給平敬，示意：「這是一份禮物」。然後老太太蹣跚地走著，回到醫務人員那裡接受檢查。

　　平敬翻了翻小書兒，幾乎每一頁都是空白的。好不容易才找到一篇有字的，上面寫著幾行字：

「天使不能說話，是為了能專心聽人類的害怕；

天使沒有痛覺，是為了能對人類的痛更了解。」

作 者 注 解

好友最近在紐約街頭不慎扭傷腳踝後就當街昏過去。查詢了一下資料，原來她患有血管張力失調性昏厥症，一受到什麼刺激，如痛楚，全身血管一擴張，她就會昏倒。文中「稻草」以她為本。

痛是她的身體為了避免她遭受危險而設的防衛功能。

世上有一點疼痛都受不了的人，自然也有沒有痛覺的人。這群人不多，但絕對存在，只是他們的壽命一般不長，在年少時會因為沒有痛覺，不知身陷陷阱而喪命。

我們渴望不用感受到痛，而這群人，卻恰好相反。因為對他們而言，痛是活著的一種證明。沒有痛覺，在他們看來反而是一種殘缺。

於是我寫了這篇《不得已的英雄》，希望大家看到，每個人人生都有缺憾和遺憾，但這切身之痛，其實也是一種超能力，因為你比誰都了解，因此更願意奮力去協助他人避免這種痛楚。

十萬毫升淚水

電影《愛在午夜希臘時》中文宣傳曲
新傳媒電視劇《志在四方》片尾曲
蔡健雅 _ 唱　小寒 _ 詞　蔡健雅 _ 曲
2013 年

知道我不完美，能給的我都給；

於是天藍轉灰轉黑，也微笑不插嘴。

這一次會氣餒，連平凡愛一回；

都才將心給誰，馬上又被粉碎。

滿意了嗎？你究竟有完沒完。

你煩不煩？總考驗我多勇敢。

有那麼難？那麼幸福和美滿。

我不貪婪，只求多些夜晚，不鼻酸，不孤單。

我想要的快樂很簡單，你都不管。

人的一生會累積，十萬毫升淚水，

以為哭完苦悲苦味，能換來好結尾。

並不是我後悔，愛會痛我奉陪，

只是輪到我沒，誰視我為寶貝。

有完沒完，我已無條件投降；

我要歸還，向你借來的勇敢。

我不野蠻，不屬於我的美滿，

都不貪婪，只求一到夜晚，有期盼，有陪伴。

我想要你給我個答案，你卻不管。

你都不管，

你別不管，

我的傷感。

永遠的小孩

我 的 家 庭

區小愛看看左手腕的錶，21：10，再對了對右手心的幾個號碼：21：35。時候不早了，再不走就趕不上接送他們的吉普車，趕不上吉普車就趕不上輪船了。於是她拾起了桌上一張張蠟筆畫，將他們整齊地疊起來。最上面那一張特普畫的，讓她不禁哭出聲來。她警覺性地用右手摀住自己的嘴，防止自己的嘴巴將真實情感流露出來。

深知三個無邪的孩子正盯著自己看，區小愛趕緊做了一個深呼吸，把剩下的，快要越過眼眶的淚水，推到眼球後面。「絕不可以讓孩子們看到我流淚的樣子。絕不能讓他們知道什麼是悲傷！」她提醒著自己。5秒鐘後，她重新戴上了微笑。

「媽媽過幾個月再來看你們。你們要乖喔。」她口吻溫和地提醒著三個年幼的孩子，並揮手示意他們過來擁抱她。「特普、異凡和奇平過來，抱一下！」六歲的大兒子聽話懂事地拉著五歲弟弟和三歲半的妹妹膽怯地走近母親，輪流給了這個近乎陌生的女人一個客氣的擁抱。

區小愛深深地吸了一口氣，把三個孩子的氣味都收進自己的肺中，久久都不肯呼出氣來。她希望自己的鼻腔、自己的大腦能夠多紀錄自己親生孩子的味道。最後一刻，她將自己的臉

湊近小女兒熱乎乎的頭皮，草莓洗髮精和著可愛的奶香味，令她的憐愛一觸即發。

她還想多聞一下，就一下就好，可是她知道要是允許自己這麼做，自己將會離不開女兒，離不開自己的孩子。離不開他們只會陷大家於不義。所有人的一切的努力將會因自己一時軟弱，而毀於一旦。

這是最後，最珍貴的祕密。絕對不能讓領袖們知道。淚水和畫作都必須藏進她背包的暗格內，不得被陸地上的人瞧見。

「再見！」區小愛狠狠地放開孩子們，挺直身子，開始往餐廳大門走去。「請您路上小心！」矮小的奇平禮貌地鞠了個躬，兩條繫滿粉紅和紫色絲帶的辮子跟著在空中晃動。所裡老師教得真好。區小愛給了站在角落的史老師一個欣慰的笑容，含著淚，推開門走了出去。那最後一眼，究竟能幫自己把持到什麼時候，那最後一眼，會不會就真的是最後一眼？

21：35，是今天最後一趟祕密渡輪。小輪船一星期兩天，每次只提供三個時段的服務：19：35、20：35和21：35。和大多母親一樣，區小愛會選擇搭乘傍晚7點35分那一趟渡輪抵達小島，來探訪自己的小孩，再搭乘9點鐘的回去。但並不是每一個母親都像她一樣幸運能夠在外頭待到晚上10點。其他婦女一會兒到陸地，就必須連夜趕工。

踏上渡輪的甲板，區小愛有一種既輕鬆又沉重的複雜感覺。

輕鬆，是因為看到自己的三個孩子獲得很好的照料，健康活潑、無憂無慮；沉重則是因為這次以後，母子四人不知何時能再相聚？

船上除了臉上有疤痕的船長和不諳當地話的，皮膚黝黑的助手，就只有她們三個女人。一位穿著藍色線條洋裝女子坐在靠近船頭的椅座，回過身緊握著身後的穿褐色上衣的女子的手，低聲哭泣著，一度更是差點哭昏過去，看來是新加入的家長，頭幾次會面難免會特別難受。後座的婦女看來有些年紀，正在努力地開解線條洋裝的婦女。

區小愛挪了挪身子，找了一個船尾的隱蔽位子坐了下來。今晚風不大。浪也不多，海上，和自己的心情一樣，算是一片平靜。她挨著柱子上掛著的一盞油燈，悄悄地將自己的手提袋開啟。暗格中，放在最外面的就是特普為她畫的那幅「我的家庭」。她小心地將它抽了出來，放在腳上，慢慢地端詳著。

這張署名「我的家庭」的畫裡，有一棟隱藏在樹林裡的磚頭房子，屋頂是瓦藍色，外牆漆上了蛋黃色，木質的前門和窗戶都是紅色的，跟童話故事中的一模一樣。屋子旁有一個橘色的溜滑梯，房前的草坪上站著二十二個小孩，一個戴著聽診器的鬍鬚男是呂醫生，還有三個女人。特普特意在每個頭像上端畫了一個箭頭，並標上他們的名字：特普、異凡、奇平、溜溜、梅寶、準美、史老師、李護士、呂醫生，還有呂院長。她是呂醫生的妹妹。畫裡，沒有爸爸，也沒有她，這個媽媽。

大 人 的 世 界

　　海風徐徐地輕撫著區小愛的臉，但那風裡的水氣似乎已經到達飽和的程度，無法再承載區小愛剛剛肆意流下的好多眼淚。她想抽張紙巾才發現自己忘了帶。「世上什麼母親皮包裡沒有紙巾的？」她自嘲著。其實自己都快忘了當母親的感覺了。有兩個月沒見到孩子們，也就有兩個月沒哭。這一下子全釋放出來倒也好，壓抑的憤慨、思念和委屈得到了解放，胸口倒是舒服許多。

　　可以看到海面另一端的燈光了。她趕緊拿起運動夾克，反了過來，用棉質內襯把臉擦乾淨。絕不能讓巡邏軍隊看到她的淚痕，不然他們會帶你去做心理評估，看看你為何會不開心，是否有一絲對制度還是政府的不滿。若有，就會被關起來接受輔導。說是輔導，不如說是威脅。聽說，有些婦女被帶去接受評估後，就沒有再見到她們回來過了。如果是這樣，就看不到孩子們了。「不可以。要堅強。」她親了親手上的戒指，對自己說。

　　很快地，船開到一個河口，婦女們得穿過一整片樹林才能回家去。晚上的林子裡有許多可怕的野獸和爬蟲類，但是她們必須分開走著，唯一的保護，就是腿上的長靴，以及大型的手

電筒，照亮回程的同時還可以防身。在下船之前，船長善意提醒，要各位女士上岸之前，隨手抓一盒香菸和打火機放進手提袋內。

今天的夜空連一小撮雲朵都沒有，月光才得以如此明亮。正好，這種月光可以驅走一些野獸。那位新加入計畫的母親看來一臉恐慌，剛才安慰她的女人早已揚長而去。哼，這算什麼朋友嘛。但區小愛也了解，因為平民之間是不許交流的，若被逮到就會被監禁。她說服自己不得與她結伴而行，只留下一句忠告：「只看手電筒照到的地方，盡量想一些快樂的事情，很快就會過去的。」說完，就先行告退了。

「快樂的事？說來容易。」她邊走入樹林，邊冷笑著。這個艱難無比時期，有什麼是值得自己高興的？孩子們？回想和他們相處的時光的確會帶來不少安慰，但沿著想下去，就會又回到絕望中。但她很快地就心無雜念了。她知道，一旦被嗅出有恐懼感，自己就很快會成為野獸攻擊的目標，甚至晚餐。

區小愛在這一年多以來，練了一門功夫：「放空」。這一年來，她日復一日地在縫紉機聲響中監督著工廠的女工們，既不能與她們說話，也不能走開做別的事情，若不學會放空，恐怕早已發瘋。因此她在穿過恐怖的林子之時，大腦一絲念頭都沒有，不一會兒功夫，她就看見燈光了。

「這麼晚，到哪裡去了？」一支槍管頂著她的額頭。她被

兵士發現了。「到海邊抽菸。」她不慌不忙地回答。她早已準備好，亮出握在掌中的打火機。「菸蒂處理好了沒，不要引發林火。」區小愛點點頭。兵士做了個手勢，要她趕快回家。她便鞠了躬，有禮貌道地了謝，三步並作兩步地跑了回家。

她邊跑，邊將舌頭頂在門牙間摩擦著，然後吐了口口水，想把嘴裡的尼古丁味道給去掉。為了演得逼真，她在抵達林子出口前，真的點了根菸，吸了幾口。有好幾回，她還真想把點燃的香菸扔在布滿枯葉和樹枝的地上。整片樹林都只剩枯巴巴的死木，是火焰最喜愛的點心，相信一下子就會繁殖成個巨大的魔鬼。放一把火，把林子燒了，把什麼常領袖給殺了，把大家給殺了，這樣大家都得以脫離這片生不如死的痛苦。

然後她想起女兒的小辮子，肚子裡此刻好像冒出一個氣泡，一直升、升、升到喉嚨，化成一個笑聲。「奇平會要你活下去的。」她跟自己講。

「戒不了菸就直接承認無法抗拒誘惑不就得了吧。幹麼要找一堆藉口說什麼爆炸物不可以接近火……」區小愛越來越瞧不起那個自稱常領袖的男人了，敢做不敢當，算什麼男人？

奶昔果王國的隕落

　　怪都怪那該死的旱季，一來就住上了個十幾年。這原本肥沃的土壤曾培育出全球最好的奶昔果，是別國羨慕的「地球王子」。奶昔果無須太細心的照料或肥料，也能長得快，長得好，種子一埋在地底下，只要有充足的水分，兩天後就萌芽，兩個月後就開花，四個月後就結果。

　　奶昔果肉濃郁香甜，絞碎了喝起來味道就像可可和牛奶製成奶昔，也可當作果醬塗在麵包上，美味可口，營養豐富，熱量低，是許多注重身材的現代女性首選的減肥餐。曾經，奶昔果每年締造超過上億出口產值，於是整個國家經濟體系都建立在這種奇特的奶昔果上，所有的工業都和奶昔果有關，是名符其實的「香蕉共和國」。可是這個僅 32 萬人口的國家，正如香蕉一樣，經不起外在的壓力，和氣候的變化，國家的繁榮也隨著乾旱季節蒸發掉了。在沒有其他產品可出口，旅遊業也不發達的情況下，國家開始出現崩潰的現象。曾經豐衣足食的人民，有錢的都帶著積蓄移了民，中產和藍領階級的則留了下來，誓言與政府共同進退。

　　但含著金鑰匙出世的地球王子，怎懂得如何赤手空拳地重振一個快速衰弱的王國？當年的都市計畫有許多達不到國際水

準的設計，譬如所有的公路都是單向的。奶昔國的人民無須工作，所以也就沒有時間上的迫切感，就算繞一個大圈才能回到家也無所謂；國土上所有的工廠都跟食品業有關，工人也沒有別的生產技能，根本無法吸引外國的廠商前來投資，為奶昔國人民製造就業機會。

政府當下決定將國家打造成一個旅遊天堂，便砸下重金，在最短的時間內重建所有的交通、公共設施。兩年之內，奶昔國興建了高速公路，七十棟飯店、翻新了公園、公共廁所、也重建了全國所有的公路，將它們從單向道改成雙向道。與此同時，還高薪聘請了許多外國教師來教導青少年經營旅遊業，還有科技方面的知識。政府的一次放手一搏，導致國庫幾乎被掏空。

一年、兩年，來奶昔國觀光的旅客三三兩兩，毫無增加的跡象。這也難怪，奶昔國曾以奶昔果盛名，但十幾年以後，因氣候變化，果攤、果樹上幾乎都沒有奶昔果的痕跡。一個國家要成為熱門的旅遊勝地，首先就必須要有賣點。可惜這裡沒有豐富的歷史、文化遺產，沒有美景和美食，城市建築物平平無奇，鄉下地帶也只剩貧瘠，充滿龜裂的土地，實在無法吸引太多人前來度假。發展旅遊業的計畫徹底失敗。

民不聊生的年代，最易衍生叛軍。一位有軍事背景的工程師常杉仁帶領著一群軍人趁勢將現任政府給拉下臺。常工程師能言善道，有強大的軍隊做後盾，自稱能保護奶昔國免於敵人

欺負。他還聲稱已擬定了國家未來五年的發展藍圖，更重要的是他與團隊有一個能立刻幫助人民擺脫貧窮的方法。

過慣好日子的人民想念不愁吃不愁穿的日子，輕易地就被常工程師收買，並以民選通過承認新政府成立。

誰知道，苦哈哈的生活這才真正地來到。常領袖的「好辦法」，原來就是打劫鄰國。鄰國在不久前宣布土質裡有豐富的鈦鐵礦石，預計提取的鈦金能每年賺取最少 73 億的盈利。鈦金這種銀白色的過渡金屬，強度高但重量輕，抗腐蝕、抗酸鹼、耐低溫，其穩定性足以用來製造飛機、太空裝置，令它成為世界上近代最受歡迎的金屬。

鈦鐵礦的新發現令這個默默無聞的鄰國一下子繁榮強盛。但忙於開拓鈦「金礦」的政府忽略了一點：加強軍事實力。常杉仁正是看到鄰國這個致命要害，自信地猜想，半年之內就能攻下這手無寸鐵，卻完全不受這次乾旱氣候影響的鄰居。擁有鈦鐵礦，奶昔國就能迎來一片生機。

可是為了這場戰爭，奶昔國人民必須先付出一些代價，那就是全國上下十四歲以上的男性都必須從軍，十四歲以上的女性一概留在國內擔起男人原本的工作，其中一些必須從事縫紉軍服或製造包裝軍糧的活動，而六歲至十三歲的小孩也必須停止上學，轉到工廠裡協助製造武器。六歲以下的孩子則不受任何管制。

凡是出面反對的人民，格殺勿論，當眾處決。骨子裡沒有一點反叛精神的奶昔國人民，一下子就不敢吭聲了。人間如今是個泪洳場。

如 意 算 盤

都說了常領袖雖為工程師，卻有軍事背景。他曾在外國替別的武裝部隊設計槍械、手榴彈和其他爆炸物。他懂得用極少量的資源製造大量有效的武器。聽說，他最拿手的一種武器，便是將一種叫 a15 的氣體藏在手榴彈裡。手榴彈一爆炸，就算沒有造成即刻的傷亡，散發開來的 a15 會造成呼吸困難、口渴和癱瘓等症狀，足以在人群中造成極度恐慌。

奶昔國常年處於安逸的生活，國家並沒有購入太多坦克車或戰鬥機，因此不太可能進行侵略性的戰爭。相信在缺乏戰鬥性和龐大軍事實力的情況下，常領袖的策略應該就是在鄰國兩個地點使用 a15 這個生化武器：國防部總部，和總統府方圓一公里內，讓重要的人物嘗到瀕臨死亡的滋味，奶昔國再以解藥作為交換條件，逼迫鄰國交出鈦鐵礦的擁有權。

常領袖的如意算盤打得很響，說實話，也很聰明。奶昔國中真正有戰鬥能力的健壯男性只有六千人，而這項任務需要動

用的步兵並不多。士兵的主要任務，是要在神不知鬼不覺的情況下，潛入鄰國安置裝有 a15 的炸彈。鄰國到處都有鐵礦場，四處都在運載爆炸物，包括總統的住所附近。因此即使發生爆炸的聲響，警方一般也只會當成意外案件處理。

手榴彈在爆炸以後，散發出的 a15 氣體會透過空氣擴散，被吸入體內之後，潛伏期平均在四小時左右。a15 會抑制神經系統傳導中，乙醯膽鹼的活性，令乙醯膽鹼這種於中樞及周邊神經系統擔任神經傳導物質的蛋白質無法被分解，導致失語、暈眩、產生幻覺等症狀。

受害者一般初發病時都會以為是中風，很少會聯想到自己是被生化武器攻擊。等到四周開始出現相似病例時，才會驚動警方，等當局找出個所以然時，丟擲 a15 手榴彈的奶昔國戰士們早已逃之夭夭。

a15 的製作材料很簡單：苯甲醛和氰化物。身為一個曾以食品工業為主的國家，奶昔國擁有大量的苯甲醛，因為它是杏仁果提煉出來的杏仁油中的基本原料。而氰化物這種毒藥也很容易購得，它是製造香菸、白紙、塑膠、相片等的原料之一，不會花費國庫裡太多的錢。

常杉仁聲稱，這是一項「不必用到一顆子彈，也不必流一滴血」的策略，只要對方政府合作，我方就會及時給予解藥，一切將會還原。他說，這次戰爭根本不算是戰爭，而是一項和平交

易，不會造成我軍人命傷亡，也不會殃及鄰國平民。餓昏了頭的國民，以多數票通過了這項法案。

然而，法案通過之後，大家才發現這項計畫存有一個小問題，由於奶昔國缺乏資金，無法購買先進的機器來製造手榴彈。於是新政府中的一個狗腿靈機一動，想到小孩子的手指細小，能夠組裝炸彈中很精細的零件。

叫好動又不懂事的孩童從事這種事情，後果可想而知。一個月內就死了十三個，傷了七個小孩。目睹慘劇的孩子被嚇得惡夢連連，有些則一下子成了驚弓之鳥，處處提防人。一夜之間，孩子們都變得很懂事。

「我們已經很人道了。」常領袖說。「世界上有許多軍隊雇用的都是孩子兵，十歲不到就懂得使用來福槍殺人了。我們並沒有派小孩上戰場，我們讓他們在工廠裡工作，還給他們發薪水，對大家怎麼不好了？國家，人人有份，大人去打仗，總有人得填補他們不在的時候留下的空缺。沒有工人，就沒有武器，沒有武器，國家就沒有戰鬥力，沒有戰鬥力，國家就會滅亡，國家滅亡的話，噢，我們就通通等著餓死。」

孩子國

區小愛的丈夫陶治曾是一名內分泌學家，專門研究一種叫作巨人症的病狀。擁有化學學士和內分泌學博士學位的他，逃也逃不過，已被列入服役的名單，但不是上戰場，而是在合成 a15 氣體的實驗室內，進行 a15 在豬隻身上的致命劑量，和解藥有效發揮期的研究，進以推算這生化武器和解藥在敵人身上的效果。這是很不道德的做法，連個臨床試驗都沒有。而整個報告必須在半年內完成，而一切武器必須在一年之內製造完畢。

要不是因為愛情，他或許現在還在外國逍遙快活，不會身處於這片人間地獄。二十年前，他為了和區小愛結婚，放棄了在國外研究所的職位，入贅到女方家，幫岳父打理奶昔果園的生意。新婚時一切都很美滿，果園產量高而品質又好，大家的生活都過得很安逸。沒料到一場雷陣雨過後，老天爺就再也沒有在這土地上掉過一顆淚水。

收成不好導致家中周轉不靈，區小愛的父母也相繼於七年前去世，她卻偏偏在那時發現自己懷孕了，而且在接著下來的幾年內，連續生了三個孩子。生活雖然清苦，一家人卻也過得很快樂。快樂，一直勉強維持到暴君常領袖的統治，就結束了。陶治接到通知書，很快就被派往實驗室去參與調配 a15 氣

體的工作，區小愛則被分配到工廠裡做督工，孩子就留在家中讓他們自生自滅。

陶治只剩一個星期的時間就得前往試驗室裡工作了。到時他將與世隔絕。因此陶治必須在這段時間內把家中的一切安排好。他和區小愛商量好了，必須把孩子送走，送到一個沒有人知道的地方，他們才能安全。

陶治在研究所裡工作時認識了一位供應病例給他做研究的呂醫生。兩人是非常要好的朋友，經常互相分享和討論研究與臨床觀察的結果。呂醫生在不久前達到退休年齡，原本想回到奶昔國享受晚年，卻萬萬也沒料到自己的家鄉淪落到這地步。於是他悄悄地將自己的親生妹妹，和青梅竹馬的史老師帶到附近一個小島住下來。

這個小島是呂醫生之前一名有錢的外國病人令先生買下的。他原想興建成童話故事主題樂園，在賺取門票費的同時，也為自己製造一個他從未有過的童年。剛巧在對外宣布以前，聽說呂醫生有難，便慷慨地將施行計畫挪後，借給他們一群人避難。

這名姓令的病人在發育之前就被診斷出患有巨人症，腦垂體腺長了一個良性腫瘤，呂醫生已為他進行了手術切除。這病雖無法根治，所幸受到藥物控制，他長到 200 公分時身高就不再增加。儘管如此，他的體型和獨特的外型還是引來不少同學

的惡言和欺辱。曾一度想自暴自棄的他聽取呂醫生的建議，以正面積極的心態面對人生，因而致富。這個報答呂醫生恩惠的機會，他已等待許久，他也無法等太久。因為他知道，巨人症的病人壽命有限，

　　沒有人能知道這個小島的存在，也沒有幾個人知道它的所在。雖然靠近奶昔國，小島卻不在奶昔國的管轄之內。這個世外桃源有自己的祕密糧食、水源供應。這個主題樂園還有一個特點，那就是：孩子們每天只有一個任務：玩耍。

　　孩子國有一個大型的戶外遊樂場、有溜滑梯、鞦韆、翹翹板、旋轉木馬、跳飛機、碰碰車這些古早遊樂設施，也有一些新穎的，如偵探與迷宮、卡通繪畫角落、模擬飛機、跳舞遊戲機等等。心思細膩的令先生深知他奶昔國的朋友們有多憎恨戰爭，把漆彈射擊廣場關閉，轉化成一個供孩子們玩捉迷藏的好地方。遊樂場中央還有兩個備有滑梯和泡泡製造機器的游泳池。大房子是一間主題飯店，內有二十間客房，樓下有裝滿漂亮圖書的圖書館、閱讀中心和小型電影院，還有一個時髦的廚房，除了提供營養食物，還全天供應蛋糕、糖果、棉花糖和巧克力。

　　令先生稱它為：永遠的「孩子國」。

長不大

「留在這裡也未必安全。」呂醫生神情凝重地告訴悄悄到訪的陶治夫婦，儘管這裡活像個人間天堂。

「在這個落難的小國裡，人民就是最寶貴，也是最後的資源。新政府怎麼會放過任何一個能被利用的生命？」呂醫生分析道。也就是說，任何一個被發現時，就算還沒六歲，但身高已經超過 125 公分的小孩，都會被強迫去製造炸彈的。母親完全不許吭聲。「那，我們該怎麼辦？」區小愛急哭了。特普再過三個月就六歲了，身高也直飆 125 公分。

「別擔心。親愛的。我們有辦法。」陶治告訴泣不成聲的妻子。「我們可以給特普一些索瑪沃，抑制生長荷爾蒙和受體的結合，讓他暫時停止生長。「什麼？」區小愛聽傻了。「會不會有長期的副作用，還有後遺症？」萬一藥物導致孩子的成長停頓，自己一定會內疚死的。可是不壓抑，特普就會有被捉去當童工的危險。這該如何是好？

「不會有事的，停止使用時他的生長荷爾蒙就自然會繼續產生效果的，相信我。」區小愛也只好答應。只是她有所不知的是，這種藥物並不是口服的，而一種溶解於水，每天必須透過皮下組織注射的蛋白質。要一個六歲小孩天天承受皮肉之苦，

並不是每個家長都狠得下心的。但這總好過進行經蝶骨垂體切除術，或放射性治療。

　　新政府沒有點算六歲以下孩童的習慣，因此將三個孩子送走並非難事，只要不被發現就行。反之，探望孩子需要周詳的計畫，一旦穿幫，就會被判決叛國罪。就在新政府成立三個月零九天的那個中午，常領袖在分配好人民工作之後，對人民宣布了他打劫鄰國的計畫。

　　奶昔國對外的通訊系統完全被切斷，所以要和孩子國的島民溝通，全靠樹林裡的一株老樹幹。樹幹有個洞，雙方都能在那裡留言。為了安全起見，兩方都只限一個星期查閱一次。

　　「千萬不能讓孩子們到工廠裡工作，會有危險，更不能讓他們都失去童真！」陶治夫婦下定決心，鋌而走險，說什麼都不能讓三個孩子在這種只有絕望的地方成長！

　　決定了的當天晚上，陶治帶著妻小連夜逃往到「孩子國」。特普、異凡和奇平抵達時天色太暗，因此大人們無法利用戶外五彩繽紛的大型遊樂場來分散他們的注意力。三個孩子在鋪滿玩具的屋內玩了一會兒，又到圖書館去看了幾本書，最後捉了幾塊糖果，就跑回父母身邊。「我們可以回家了嗎？我們想睡覺了。」

　　這當中一定有蹊蹺。孩子們一點都不笨。他們知道平時 9 點鐘爸媽就會強制他們熄燈睡覺，管教有方的父母怎麼可能今

天晚上如此放縱他們玩耍、吃糖果？個性敏感的異凡開始賴在區小愛的身旁，去哪裡都要她拉著他的手，否則就會發脾氣。奇平見二哥這麼做，也依樣畫葫蘆，抓著媽媽的裙襬不放手。

怎麼辦？區小愛回頭望著丈夫和呂醫生。正陪著特普建造飛機模型的陶治苦笑著。特普也一樣，一刻都不放過他。這些小鬼怎麼那麼聰明？平時要他們背乘法表、背字母他們都沒那麼機靈！沒法子，只好冒險陪他們多一會。

多一會兒，也好。誰知道下次再見是在什麼時候？誰知道還會不會再見？陶治心裡酸酸的，a15，能不能活著回來還是一個大問號。他抬起頭望著自己心愛的女人在溫柔地給滿臉巧克力的奇平擦嘴巴，再望望眼前的大兒子，想起他出生時自己的自豪，眼眶不禁溼溼的。天亮，自己就必須道別這一切，自己僅有的一切。

「爸爸你沒事吧。」特普睜大眼珠子緊張地看著父親。「沒事，爸爸有點累了。一累，眼睛就會紅。」陶治才剛說出口，馬上就後悔了。「好，那麼我們回家吧。我們玩得也差不多了。」特普站了起來，一副「我做主」的模樣。呂醫生見狀，立刻過來解圍。他對特普說：「回家？你們不是答應我今晚要在這裡過夜的嗎？呂伯伯搬新家你們怎麼可以不賞臉？」

「真的嗎？如果您不嫌麻煩，我們就不客氣了。」陶治識趣地搭著腔，然後用唇語對老醫生道謝。「好啦小先生小公主，上

樓刷牙去！」區小愛假裝沉下臉，命令著孩子。「耶～」三個小孩聽到這個好訊息，興奮地把行李拉上樓梯。

陶治拿出一疊鈔票，塞給了呂醫生，說：「這是我畢生財產。我們陶家還有沒有後，就全靠您了。」

「這間這間！這間最大！」特普喊道。「好漂亮的房間！」那是奇平。「床好軟！」……「跳！」……「這張是我的床！你去那裡！」……「好好玩！」……「哥哥！」……「來！拉我的手！」……「哈哈哈哈！」

十分鐘後，樓上就只剩一片寂靜。

夫婦倆躡手躡腳地爬上樓梯，用最慢的速度、最少的力度，推開房門。三兄妹抱在一起，睡著了。好溫馨的一幕。夫妻倆笑了。兩人輕輕地為孩子蓋上了被單，聞了聞他們的臭汗味，就一步一步地退到門外。

陶治輕輕地拉了拉門把，確定門已經關上後，突然深深地吻了妻子的嘴，再緊緊地抱住她。她被抱痛了，正要叫出聲，就感覺到自己的耳朵被什麼弄溼了，溫溫的。陶治在哭。區小愛有些嚇著了。認識陶治那麼多年，她從未目睹過丈夫哭得那麼用力。他不敢發出聲音，只抱著她哭得抽搐著。區小愛在過程中也忍不住掉眼淚了。

天啊，這可是自己深愛的人，上天你就這麼捨得我們分開？明天清晨之後，兩人恐怕就要陰陽兩隔了。

還能孩子多久？

　　已經半年多了，還是沒有陶治的訊息，沒有人知道他在哪裡，也沒有人見過他，就好像他從人間蒸發了一樣。「街上沒看到他的屍體，是不是就算是還活著？」區小愛安慰自己。她越來越覺得自己像個行屍走肉，每天白天監督其他婦女趕縫軍服、帳篷等軍用配備，晚上回家睡覺，可是枕邊人不在，孩子不在，她睡不著。從前每當她失眠時，就會起床把客廳裡的玩具撿起來，擦乾淨。這回，她翻開床單，走到玩具箱前，才發現這些玩具還整整齊齊地擺在箱子裡，孩子沒玩過；玩具上一點塵埃也沒有，她昨天，才剛擦過。

　　生活似乎沒有了意義。人生這條路她就快要走不動了。繼續活在恐懼中的她變得吃不下，睡不好，做什麼都沒興趣。要不是她惦記著三個孩子，她恐怕已經放棄自己了。

　　在這段苦難的日子裡，區小愛看到人性最醜陋的一面。她工作的地方本來是一個食品包裝的工廠，機器都還沒完全搬走，兵士們就扛進一部部的縫紉機。兩百多名女工坐在一個60坪的房間，像罐頭沙丁魚似的。踩縫紉機的踩縫紉機，和用手縫鈕釦、鐵釦的女工擠在一塊，環境條件很差。大家都在大口地呼吸，爭奪著房間裡稀少的氧氣，天花板的日光燈有些都已

經損壞，但沒有人想過要更換燈管，導致燈光灰暗，一天下來，所有人都昏昏欲睡。

這裡每天都發生爭吵，甚至鬥毆事件。有一回，一個隔壁園林的女主人為了想得到靠窗的座位，故意每天走到另一個溫和的婦女面前，以最難聽的話羞辱她。溫和的女人原先對她採取充耳不聞的態度，誰知惡毒的園林女主人變本加厲，說了一句正中婦女要害的話：「你的兒子在組裝炸彈對吧？他要是沒炸死，也等於完了，因為他將會是個殺人犯！」

「啪！」的一聲，園林主人被賞了一巴掌。區小愛全都看在眼裡，知道誰是誰非。但她了解到自己的處境，自己的義務就是維持女工們的秩序和生產力，不是當和事佬。於是她拉了警報，將先出手打人的婦女給關了起來，始作俑者非但沒有得到處分，還得到了靠窗的位子。正義？正義去了哪裡？還有真理呢？不見了。她恨死自己了。

但自己不這樣，怎麼生存？國家剛剛進入戒嚴的時期，自己還是單純美好的人兒。有一天她排著隊領好糧食時，在她後面的一位老太太突然暈倒了。區小愛放下手裡的兩包米，蹲下去檢視老太太時，後面出現了一個少年，扛起她的米拔腿就跑。少年一跑，老人家就醒了，及時領走了她自己的兩包米。區小愛也沒有爭辯，空著手回家。後來她才發現少年是老婦女的孫子。婆孫倆每天都會耍同一個把戲，但除了她，很少人上當。

善良、助人不應該是一件好事嗎？自己一直都是這麼教孩子的？可是這個優點，在現實面前怎麼變成了弱點？

漸漸地，她發現自己有所改變。有時派出所給多了糧食，她二話不說，就會拎著走。這……誠實的美德呢？她發現自己開始對自己討厭的工友友善，只因為不跟他們一夥，自己督工的日子將非常難受。這麼頹廢的日子，還要過多久？她不再信任別人，總認為另一個人對自己打招呼，必定是有所求，她和所有朋友斷絕來往。她不再相信「好人會有好報」這句話，因為自己一輩子沒做過一件壞事，為何如今沒了丈夫、沒了孩子？還有夢想，夢想呢？

可是自己真正失去的，又何止人生、家庭和愛人？還有那陶治極力幫她儲存的「天真」。有人說，嫁對老公的女人，一輩子都不需要長大。長大莫非就是這個意思？

長大莫非就是看到世界的美好是用不美好硬撐起來的嗎？所有美景，所有善行都只是執法者的騙局？

她開始懷疑真相是否只是一個人們暫時找不到漏洞的謊言？

她開始懷疑悲傷才是人類每天該有的情緒：以失去來學習珍惜，而快樂只是一種偶然的僥倖。

她開始懷疑背叛其實是大自然界的生存方式。要不是文明社會太過安逸，人類也不會開始克制住自己這種稱為「背叛」的生存本能。

她開始懷疑世上根本沒有擁有這一回事，凡事都只是借來的。

她開始懷疑一個越能幹的人，就越有利用價值；越有利用價值的人，就越辛苦。還不如看起來笨一點、懶一點！

她開始懷疑別人對你的好其實只是一種預先付出的交換條件，欠的，以後是要還的。

她開始懷疑人生沒有所謂人生，只有死亡才是最真實的。

這麼活著，好不痛苦。

因此她一定要努力地讓孩子們繼續相信童話，繼續相信人性，繼續留在那沒有悲傷的島上，遠離這一切塵世，能做多久的小孩，就做多久的小孩。

蠢 蠢 欲 動 的 戰 爭

半年過去了。區小愛只見了孩子四次。時間比命運還會捉弄人。這回區小愛見到孩子們，沒有上幾次那麼激動，卻多了心痛。這一回，特普已經六歲又三個月大了，但身高和最初送來時沒有增加，對於大兒子，做媽媽的放心了。只是特普這孩子不知為何，不像其他園內的小朋友一樣好玩，就只愛坐在一旁和自己下棋。他舉手投足、眼神都和大人相近，說起話來頭

頭是道，甚至有一點憤世。

　　區小愛回頭望了望二公子異凡。這孩子還真令人擔憂，一直吃個不停。李護士就調侃說，很少家長不希望自己的孩子快高長大的，但這孩子愛吃甜食，體型越來越大，即使注射了索瑪沃，還是無法克制生長。也難怪，特普像媽媽，個子本來就不大。異凡則得到陶治的高個兒基因，基因這種「天賜」，很難壓抑。區小愛有些著急，再不斷地長高就得進行垂體切除術了，這麼一來他就必須當一輩子的矮子了。

　　奇平還是老樣子，笑臉迎人，只是如今她見到自己親生卻陌生的媽媽，更有禮貌，更有疏離感。所裡的孩子都一樣，是這裡的人員有問題嗎？還是系統？還是藥物的關係？放肆與調皮是孩童的特權，為何在這些孩子身上似乎無跡可尋。大家都循規蹈矩，乖巧不作怪，但眼神都帶著疲勞和哀傷。

　　這眼神好熟悉，在哪裡見過？區小愛回過頭來，視線剛巧停在餐廳牆上掛著的一面鏡子上。對，就是她。鏡子裡的女人頭上綁了一個髮髻，厚厚的眼影藏不住眼底單薄的靈魂，紅紅的唇膏蓋不住蒼白了的笑容。那個陶治說過的，足以點亮宇宙的靦腆笑容，已不復存在。

　　孩子們的童真，去了哪裡？他們怎麼都學會了憂傷？童真，怎麼在這個如此受保護，如此歡愉多彩的環境下依然悄悄地流失呢？

　　答案，其實區小愛心裡清楚得很，那是因為這些孩子沒有母愛。母親的懷抱給予一個孩子的安全感要比全世界最堅固、最刀槍不入的銅牆鐵壁來得多很多，這樣他們才能無憂無慮的享受童年和擁有童真。區小愛就常觀察到，連奶昔國飽受驚嚇的孩子們倚偎在母親懷裡時，臉上還是散發著珍貴的孩子氣的。這是區小愛首次對自己的決定有所懷疑。後悔，在心裡蠢蠢欲動，就快要和理智起了戰爭。

　　可是一回到奶昔國，她馬上就肯定自己的決定是對的。

　　下了船，進入樹林之後，區小愛為了謹慎起見，拿出了香菸和打火機，準備為駐守的兵士們演一場吸菸的戲。今晚就她一個母親去探望孩子，其他的有些已經放棄。有些說自己太懦弱，無法再經歷多一次的團聚與分離，太痛苦了；有些則疑神疑鬼，認為自己被盯上，還是不要走漏自己孩子的行跡為妙。

　　唯獨區小愛做不到。她放不下自己的小孩，願意鋌而走險。孩子們是她活下去的力量。雖然她越來越感受不到孩子的愛了。

　　今晚，她穿過樹林以後，迎面而來的不是來福槍的槍筒，而是一場異常的寂靜。四周沒有兵士，沒有燈光。人都往哪去了？她滿腹狐疑，蹣跚地走到柏油路上。走了好長一段時間，終於看到戶外照明燈的光亮，聽見群眾的歡呼聲，還有常領袖的演講聲。

　　戰爭，開始了。

親愛的，我在這裡

　　還好特普他們沒有參與手榴彈的製造，他們的雙手不用沾到鮮血。區小愛慶幸自己孩子不必成為這場戰役的幫凶。「陶治！」區小愛突然領悟到，新政府之所以要現在發動攻勢，大概是因為炸彈都做好了。這麼一來，不就可以見到自己朝思暮想的丈夫了嗎？她往人群集合的地方狂奔而去，心裡重燃了一絲希望。說不定今晚，陶治就可以回到自己身邊！「陶治，等我！」她邊跑邊輕聲呼喚著。

　　跑呀跑地，氣喘吁吁的她終於抵達人們彙集的廣場，然而個子小的她在人群外圍什麼都看不見。她好不容易才鑽到前面去，瞥見廣場中央停著兩部坦克車，還有一整排，坐滿士兵的大卡車。人潮正在向這群即將為奶昔國帶回榮耀和金錢的勇士送行，當然其中也有一些在低著頭暗自拭淚的妻兒們，誰也不敢哭出聲，況且就算哭，對方也聽不見，因為此刻四處都是震耳欲聾的掌聲。

　　常衫仁一聲令下，坦克車緩緩地開出廣場。隨之而去的，是卡車方陣和步兵方陣。區小愛緊張地掃瞄著人群，還有常領袖身旁的跟班，不見陶治。她再快速但仔細地觀察著一個個步兵還有卡車上的兵士，想搜出那張熟悉的臉孔。可是，陶

治呢？

「你哪裡去了？」區小愛自言自語。「請給我一個暗示吧。」

「親愛的！親愛的！」不久以後，一道思念已久的聲音從其中一部卡車上傳來。是陶治！他在一部前往前線的卡車上。「為……為什麼要跟著去前線？不是說做好研究就會放人的嗎？」區小愛感到很混淆。「難道常衫仁騙人？不是難道，是明明就是！常衫仁騙人！還我老公，還我老公！」她急瘋了。沒有陶治，她什麼都不要了。她使盡了全身的力氣，推開了人群，突破了兵士的防線，往正在演講的常領袖奔去！

常衫仁沒有察覺有攻擊者正朝自己衝來。但區小愛就算能造成什麼威脅，也馬上被保鏢給制服了。一瞬間她感覺到有人捉住她的左手不放，另一人將什麼刺進自己的皮膚。突然一陣暈眩、氣喘、手心出汗、胸口一陣悶痛，整個人就昏了過去。「我中毒了。有人給我注射了 a15！救命……」區小愛跌坐在地上，伸出手向群眾求救。

在失去意識之前，她彷彿聽到陶治的聲音在耳邊響起：「別擔心，親愛的，我在這裡。」

永 遠 的 小 孩

　　區小愛睜開眼睛，頭痛欲裂，視線還不是很清楚。她掙扎著要坐起來，卻發現自己四肢都被綁在床欄杆上，動彈不得。「是不是，一時衝動被捕了吧！」她自嘲著，但心裡不知為何有一股說不出的快活，或許因為她至少讓大夥看到這個常領袖的真面目了！她沾沾自喜。

　　啊對了，陶治呢？他不是說：「我在這裡」嗎？「陶治，陶治！」區小愛溫柔地呼喚著。

　　這時，有人推門進來。她的心興奮得快跳了出來，一心想著是陶治！可惜那個身影走近一些時，她才看出那是李護士。「我不明白……你在這裡，那孩子國的孩子們呢？」區小愛開始焦慮起來。「李護士，你們是不是被發現了，是不是我們的計畫被識破了，你們全都被捉起來了？」區小愛還能挪動右手，揪著李護士原本想測量病人血壓的手。

　　「如果是這樣，那孩子們呢？」區小愛開始激動得大聲吶喊起來。「我要陶治！陶治在哪裡！陶治！」李護士嚇得往後退了兩步，往病房外跑去。

　　接著推門而入的，還有陶治的好朋友呂醫生和妹妹呂院長。區小愛更不解了，這是一場惡夢嗎？一定是，要不然這些人怎

麼會出現在她身邊？她邊掙扎，邊喊得更大聲了：「為什麼你們也在這裡？你們被新政府發現了嗎？你們也被捕了嗎？」同時，她心裡衍生了一個可怕的念頭：「更或者是，他們都投靠新政府了？這下子我的孩子……」

「歡迎回來。」老醫生捱過來，湊近她的眼睛，用親切溫和的語調說著。區小愛端詳著呂醫生的臉，他眼神中帶有笑容，完全沒有受折磨的跡象。她原本想插嘴問：「我的兒子和女兒呢？」卻又咬住了自己的舌頭，把想說的話吞了回去。

如果呂醫生已經背叛了陶治和自己，或許對對方表現友善，自己才可能問出特普、異凡和奇平目前的所在地。心焦如焚的她必須表現得平穩，絕不能露出一點蛛絲馬跡。平靜，才是上策。

區小愛於是做了一個深呼吸，緩慢卻清楚地問道：「呂醫生，這是怎麼一回事？」呂醫生把他溫暖的手心搭在區小愛的手背上，小心地回答了：「恭喜你，手術很順利。」

「手術？什麼手術。我？我為什麼要做手術？我哪裡受傷了？你是不是搞錯了……」區小愛忍不住嚷嚷起來。呂院長給李護士使了一個眼色，護士就跑了出去。大概是去找救兵吧。

「大腦裡的垂體腺控制致內分泌，如生長荷爾蒙……」醫生解釋著。「我知道我知道，陶治有跟我解釋這些……」區小愛一點面子都不給。奇怪，平時的自己很少這麼煩躁的，今天究竟怎麼了。」

「……所以我們才決定給你進行經蝶骨垂體腫瘤切除手術。」呂醫生的雙唇還在動，但她選擇性地只聽到「切除手術」四個字。

「不不不不不……你們弄錯了，你們說異凡才需要做手術，我都已經是個大人了，怎麼會需要控制身高？你們你們你們別想騙我。」

「異凡是誰？」呂院長問。

「異凡是……你小島上的其中一個島民！天啊，都半年了，連自己天天照顧的孩子都不認識！」區小愛開始變得暴躁，但說實在的，異凡是誰？她怎麼突然會想不起？這個名字好熟悉，但他是誰？此刻，呂醫生做了個手勢，要院長離開，自己搬了一道椅子坐在病床邊。

「是這樣的，你大腦裡的垂體腺長了一個腫瘤，導致你的內分泌失調，開始出現巨人症的症狀。我們做這個護理已經好幾年了。」他耐心地解說著。區小愛頻頻搖著頭，不肯相信對方說的任何一句話。「我怎麼會有巨人症，我很嬌小好不好！」區小愛反駁，但當她將目光移向自己的腳板，她發現雙腿和腳板，比自己想像中的長。莫非這鬧劇，有事實的成分？

「可惜，半年前我發現我們用的藥物索瑪沃失效了。更糟的是，腫瘤令你開始產生幻覺，甚至患上精神分裂症，所以我們不得不提議給你進行切除的手術。而你自己也答應的。」醫生一

臉正經地說。

「我不信。」區小愛依然深信這是一個天大的騙局，而自己不知為何會陷在其中。她真希望有人會來解救她，她用力地企圖擺脫自己手腕上的塑膠手銬，卻把自己弄疼，只好暫時放棄掙扎。

「六十年前，科學家就已發現巨人症的患者當中，有一些也患上了精神分裂，而且大多都是女性。」呂醫生說。

「我才沒有精神分裂。我不是精神病病人。」區小愛把頭別過去，不想讓他看到自己無助的樣子。「那只是暫時性的。是腫瘤的關係。現在切除了一切都會正常化。」呂醫生撫慰著她。

「如果呂醫生是我在這個世界的主治醫生，那陶治就不是我的丈夫？還有常衫仁，我的孩子，他們難道都不是真的，都是我幻想出來的？」區小愛還是沒有回過頭，但她慢慢開始平靜下來，開始相信這一切的可能性。但她心裡還有最後一絲的不服氣，還想推翻自己感官目前告訴自己的一切，用帶著蔑視的語氣問：「陶治是我的丈夫，我們生過小孩的，那些怎麼可能是假的？」

「陶治不是你的丈夫，你沒有結婚。但他的確是你的另一半。他是另一個你，在你腦海裡的那把聲音，囑咐你服從的一道聲音。」呂醫生回答。「那常衫仁呢？」

「他是這所醫院的常客，患有精神分裂已經三十幾年了。

他常常穿著長長的睡袍到處亂跑，所以你總叫他『長衫人』，呵呵。」

「奶昔國呢？」她問。呂醫生笑答：「因為你手術挨餓前，吃了漢堡和奶昔。」

「孩子們呢？」區小愛還是心有不甘，儘管她已經記不起他們的名字和樣子了。「你沒有孩子。」

區小愛在醫院住了三個星期，就被轉到療養院去做復健了。她覺得前所未有的輕鬆，因為她終於接受，自己是一個巨人症病患。在奶昔國的一切都是自己幻覺在自導自演，她沒有家庭，沒有丈夫也沒有孩子。她就是自己腦子裡，有錢的「令先生」，因為體型關係，被同學譏笑；因為體型的關係，不能到兒童的遊樂場去玩；因為體型的關係，不能輕易交朋友；因為體型的關係，沒有童年。

「孩子國」如此逼真，雖然也應該是假的，但她不得不感謝這垂體的腫瘤，幫她「實現」了她從未擁有過的一切。

「來載你去療養院的車子來了。」護士在門口提醒。區小愛點點頭，拿起手提袋正要離去，手指卻摸到手提袋暗格裡有個什麼東西。是幾幅畫。最上面的一幅畫中有一棟隱藏在樹林裡的磚頭房子，瓦藍色的屋頂，蛋黃色的外牆，紅色的木質前門和窗戶。

上面寫著：給媽媽，特普上。

作者注解

男人想長生不老，女人想青春永駐，聯合起來大家都不想長大。

小孩的生活多無憂無慮啊，無須為生活奔波，無須為人事煩惱。偏偏我們這副臭皮囊呀，總是不聽話地拚命地長呀長的。

為了能當個《永遠的小孩》，你會採取什麼極端的手段？是否願意連心愛的人都不顧？還是連自己是誰都不在乎了？

健 忘

電影《被偷走的那五年》主題曲
許茹芸 _ 唱　小寒 _ 詞　許哲珮 _ 曲
2013 年

這件外套，熟悉味道，怎麼想不起？

半張合照，被誰焚燒，只剩我自己？

感覺混淆，我的大腦，搞不清是哪裡。

無處可逃，就自言自語。

那些熱鬧，有過歡笑，想問誰參與？
可是驕傲，卻說不要，免得空歡喜。
重復低潮，重復煩惱，如一句催眠曲；
直到睡著，直到忘掉，直到不再想你。

嗚～請幫個忙，遠離身旁；
抱歉我健忘，輕易就遺忘；
你一定說謊，誰跟你很像；
我沒有徬徨，你的話太瘋狂。

嗚～請幫個忙，別太牽強；
人們是健忘，無論多健康；
總記得回想，醫不好的傷；
說什麼天堂，聽起來好荒唐。

愛像氣泡，一碰就爆，如何在一起；
又像肥皂，不能擁抱，只能靠自己；
所謂治療，是將美好，全抽離我身體；
幸福訣竅，是能禮貌，地說不認識你。

電子書購買

爽讀 APP

國家圖書館出版品預行編目資料

回不去的候車站：為何要到愛過後才了解，擁
抱和擁有的差別 / 小寒 著 . -- 第一版 . -- 臺北市
: 複刻文化事業有限公司 , 2024.08
面；　公分
POD 版
ISBN 978-626-7514-16-0(平裝)
857.63　　113010778

回不去的候車站：為何要到愛過後才了解，擁抱和擁有的差別

臉書

作　　者：小寒

發 行 人：黃振庭

出 版 者：複刻文化事業有限公司

發 行 者：複刻文化事業有限公司

E - m a i l：sonbookservice@gmail.com

粉 絲 頁：https://www.facebook.com/sonbookss/

網　　址：https://sonbook.net/

地　　址：台北市中正區重慶南路一段 61 號 8 樓

8F., No.61, Sec. 1, Chongqing S. Rd., Zhongzheng Dist., Taipei City 100, Taiwan

電　　話：(02) 2370-3310　　傳　　真：(02) 2388-1990

印　　刷：京峯數位服務有限公司

律師顧問：廣華律師事務所 張珮琦律師

定　　價：350 元

發行日期：2024 年 08 月第一版

◎本書以 POD 印製

Design Assets from Freepik.com